hony 交響曲

愁堂れな

幻冬舎ルチル文庫

CONTENTS 目次

symphony 交響曲

✦カバーデザイン＝清水香苗（CoCo.Design）
✦ブックデザイン＝まるか工房

イラスト・水名瀬雅良✦

symphony 交響曲

1

「…………」

本当にどうしてこんなことになってしまったのだろう。

病室の天井を見上げる僕の口から、今日何度目かわからない深い溜《た》め息《いき》が漏れる。

「大丈夫ですか？　長瀬《ながせ》さん。気分は？　少しでも具合が悪いようなら遠慮なく言ってください。僕、なんでもしますんで」

その溜め息を聞きつけたのだろう。ベッドの傍《かたわ》らに座っていた橘《たちばな》が心配そうに声をかけてくる。

『なんでもする』と言う彼に望むことはただ一つ。頼むから僕を一人にしてほしいのだが、どうやら彼は僕がショックのあまり手首でも切りかねないと思っているようで、片時も目を離すことなく、熱いとしかいいようのない視線をずっと向け続けている。

そんな柔《やわ》な神経は生憎《あいにく》持ち合わせていない。じゃなければ『あの』桐生《きりゅう》と付き合い続けることなどできるわけがないじゃないか。またも溜め息を漏らしそうになっていた僕の脳裏に、愛《いと》しくてたまらない彼の顔が浮かぶ。

僕が送ったメールを読んで彼はどう思っただろう。少しも早く会いたいような、会うのが怖いような、落ち着かない気持ちが胸に溢《あふ》れ、気を張っていないと溜め息を漏らしてしまいそうになる。

それもこれも——ああ、と、堪《こら》えきれず、つい溜め息を漏らしてしまった僕の頭にはそのとき、『身の不運』としかいいようのない一連の出来事が走馬灯の如《ごと》く蘇《よみがえ》っていた。

財閥系の総合商社に入社して四年。つい最近、名古屋支社に異動になったが『諸事情』としか言いようのない事情からあっという間に東京本社に舞い戻り、もといた自動車部ではなく内部監査部に配属となった僕は、無愛想な後輩、二年目の橘と共に事業会社の監査のために大阪を訪れていた。

橘の第一印象は最悪だったが、父親がある意味『有名人』であることから、人付き合いを極力避けてきたためコミュニケーションの取り方を知らないだけで、なかなか可愛《かわい》げがある男だということが大阪の地で共に仕事をするうちにわかってきた。

そんな矢先に監査先の事業会社で不正を見つけてしまい、営業部の次長に事情を聞いたところ、その次長こそが不正の主謀者であり、発覚を恐れた彼は僕の弱みを握ることで口を塞《ふさ》ごうとした。なんと彼はあろうことか、僕を拉致《らち》した挙げ句に、それが不正に手を染めるきっかけとなったと思われる合法ドラッグや大麻を与えた上で強姦《ごうかん》しようとしたのである。岸本《きしもと》という名の彼が僕に対し、そんな所業に至ったのは、彼がかつて東京本社の人事部にいて、会議室で僕が桐生に襲われていたところを警備員に踏み込まれた――事実はちょっと違うのだが――という『事件』を知っていたからのようだった。

僕のことを『以前強姦された男』という目で見ていたので、同じように強姦すれば弱みを握れると判断したらしい。危機一髪のところで橘が救い出してくれたのだが、その際、警察に協力を求めていたために事態はかなり大事《おおごと》となった。

岸本は大麻取締法違反で逮捕され、僕も事情聴取を受けるべきところを、著名な弁護士である橘の父による『大人の力』でそれを回避、朝一番の飛行機で東京から駆けつけてきた内部監査部の上司、大河内《おおこうち》課長にあとを任せる形で橘と共に帰京し、一応精密検査は受けたほうがいいという彼に連れられ、その足でここ、築地にある病院へとやってきた。

検査の結果は概《おおむ》ね『異常なし』ではあったが、大河内課長より、マスコミ対策が終わるまでは寮には戻らずそのまま病院で待機せよという指示が下ったため、ここにこうしている、というわけだ。

橘は僕を救い出してからずっと、それこそ片時も離れず傍《そば》にいて、僕に労《いたわ》りの目を向けてくる。その『目』が先輩社員の体調を心配してくれているだけであればいいのだが、それ以上の意味があるのでは、と案じずにいられない。というのも合法ドラッグと大麻のせいで意識が朦朧《もうろう》としている間に、僕はどうやら橘を桐生と取り違えてしまったようなのだ。目覚めたときには二人とも全裸だった上に、橘に『何があってもあなたを守る』と抱き締められ、僕はすっかり動揺してしまっていた。

果たして僕は、橘に抱かれたんだろうか。

確かめたい。だがもし『抱いた』という答えが返ってきた場合、それを事実として受け止める心の準備がまだできていない。

意識がなかったということは、言い訳になるのか。桐生は僕を許すだろうか。穢《けが》れた者を見る目を向けられるのではあるまいか。そんな状況に僕は耐えられるだろうか。

心配が次々と胸に押し寄せてきて、とても心穏やかには過ごせない。ずっと付き添ってくれている橘の隙をつき、大阪に来る予定となっていた桐生に、事情があって東京に戻ることになった、連絡できるようになったらすぐに連絡するので少し待ってほしい、とメールを打つのがやっとだった。

そんな意味深なメールをもらって、桐生が気にしないわけがない。もうちょっと書きようはなかったのかと、あとから読み返して僕は相当な自己嫌悪に陥った。

そもそも、僕は橘に抱かれたんだろうか。それを確かめるのが先決だ。『心の準備ができていない』などと、言っている場合じゃないよな、と腹を括《くく》ることにし、身体を起こすと橘を真《ま》っ直《す》ぐに見やった。

「どうしたんです？」

黒縁眼鏡《めがね》の奥で、橘の目が泳ぐ。

実はその眼鏡は伊達《だて》で、度が入っていないことを僕は知っていた。なぜ度なしの眼鏡をかけているのか、その理由までは知らないけれど。

こんなふうに思考が逸《そ》れるのは現実逃避に他ならない。しっかりしろ、と自分を叱咤《しった》すると僕は軽く咳払《せきばら》いをし、ちゃんと声が出ることを確かめてから橘に問いかけたのだった。

「橘君、聞きたいことがあるんだ」

「なんでしょう？」

橘もまた僕を真っ直ぐに見返してくる。眼鏡のレンズ越しに見る彼の瞳は白目に少しの濁りもない綺麗《きれい》なものだった。

年齢はそう変わらないが、社会経験が二年違うためにやはり『若い』と思ってしまう。駄目だ、また逃避している、と軽く頭《かぶり》を振り、自ら退路を断つと僕は橘に向かって心持ち身を乗り出し、まずは礼だ、と口を開いた。

「いろいろ……ありがとう。何から何まで世話になってしまい、申し訳ない」

「とんでもないです。もとはといえば僕が熱なんて出したのが悪いんです。長瀬さんを一人にさえしなければ、こんなことは起こらなかったのに、僕ときたら……」

自分を責めてしまった橘を前に、僕としては別に君を責める気はないんだ、と慌ててフォローに走った。

「橘君にはなんの責任もないよ。君には感謝しかしていない。危機を救ってくれて、本当にありがとう」

「間に合ってよかったです。本当に……」

橘がしみじみとそう言い、僕に向かってにっこりと微笑《ほほえ》んでみせる。

「………」

彼の視線にはやはり、『一線を越えた』としかいいようのないものがある気がする。

勇気を出せ、自分。もしそうだとしても、それが現実であるのなら受け入れるしかないじゃないか。

受け入れた上で、そのような状況となったことを桐生に詫《わ》びる。その前に橘にも詫びる必要があるだろう。その気もないのに男を抱くことになったのは、充分謝罪の対象となる出来事だ。

またも思考が逸れていくことを自覚し、いい加減にしろ、と心の中で僕は自身に喝を入れた。

こうしてあれこれ考えるより前に、まずは事実の解明だ。全然腹を括れていない自分を情けなく思いつつも、今度こそ、と己を鼓舞すると僕は、勇気を振り絞り、橘に問いを発した。

「橘君、その……意識が戻ったとき、僕は……ええと、その……裸で、君も……その……裸だったわけだけど、その……」

腹は括ったものの、実際に問おうとすると、上手《うま》い言葉が見つからない。

「はい、裸でした」

それがどうした、といった感じで橘が問い返してくる。ただでさえコミュニケーション能力が同年代の他者より落ちる彼が、自ら事態を説明し始める様子はない。

端《はな》から期待はしていなかったからまあいいけれども。心の中で溜め息をつきながらも、僕はいよいよだという思いのもと、問いを発した。

「こんなことを聞くのはなんともきまりが悪いんだけど、僕は君に……」

『抱かれたのか』と聞くのはストレートすぎるだろう。しかし相手は橘だ。すぎるくらいストレートじゃないと通じないに違いない。

躊躇《ためら》いはもうとうに捨てたはずじゃないか、と僕は自分を奮い立たせると、この上なく聞きにくい問いをようやく発したのだった。

「僕は君に、抱かれたのかな?」

「えっ」

橘が絶句したあと、みるみるうちにその頬《ほお》が朱に染まっていく。

このリアクションが物語る結論は果たして、と、自然と顔が強張《こわば》ってしまいそうになる。

どのような答えが返ってきたとしても、事実として受け入れるより他はない。覚悟を決め、見つめる先で、橘が動揺しまくっている様子で口を開いた。

「長瀬さんを抱くなんて、そんな……できませんよ。男同士ではどうするとか、やり方だって知らないし」

「……え？」

そうきたか、と啞然《あぜん》としてしまうような返しを聞き、僕は一瞬声を失ってしまった。

ということは——と、思わず彼を問い質《ただ》す。

「抱かれて……ない？」

「はい」

当然のように頷《うなず》く橘に僕は、つい、

「本当に？」

と確認を取ってしまった。

「はい」

やはり即答する橘の眉間《みけん》には縦皺《たてじわ》が寄っている。しつこいな、といわんばかりのその表情を見た僕の口からは、安堵《あんど》の溜め息が漏れてしまっていた。

「……なんだ。そうか……」

よかった。

頭に浮かぶのはその言葉のみだった。それがつい、口を衝《つ》いて出てしまったのだが、それを聞いた橘に、

「長瀬さん？」

と問いかけられ、我に返った。

「ごめん、変なこと聞いて。状況が状況だっただけに、その……気になって」

でももう、忘れてくれ、と言いかけた僕の言葉に被《かぶ》せるように、橘がぼそりと独り言のような感じで呟《つぶや》く。

「……恋人がいるのがわかってましたし」

「…………」

『やり方を知らなかった』から抱かなかったわけではなく、僕に恋人がいることがわかっていたから、抱くことをしなかったということか。

「……ありがとう」

思わず礼を言った僕の前で、橘がはっとした顔になる。

「……そ、それより、き、気分はどうです？　大丈夫ですか？」

橘はどうも、言うつもりのなかったことを言ってしまったようだ。あからさまなほど動揺した素振りを見せつつ、僕に問いかけてくる。

「あ……うん、大丈夫。いろいろ、ありがとう。本当に」

そんな彼の動揺が僕に伝染したようで、答える声がやたらと上擦ってしまった。

「いえ、そんな……当然っていうか、その……」

ぎこちないとしかいいようのない会話は続くわけもなく、沈黙が室内に訪れる。

「……あ……水、持ってきましょう。喉、渇いたでしょう」

どうやらこの場にはいたたまれなかったらしく、橘はそう言ったかと思うと病室を出ていってしまった。

「…………」

ひとまず、安心していい――ということなんだろうか。

橘の出ていったドアを見やる僕の口からまたも、安堵の溜め息が漏れる。

桐生と橘を取り違えてしまった事実は消しようがないが、最悪の事態は――取り違えたまま関係を持ってしまった、という事態は、どうやら避けられたようである。

桐生に対し、なんの後ろ暗いところもなくいられるということは嬉《うれ》しい。素直に喜ぶにはなんだかひっかかりはあるものの、懸案がなくなった――とはまだ言いがたいが――今、彼に会いたいという思いはますます募っていた。

我ながら現金だとは思う。だが、実際橘に抱かれていたのだとしたら合わせる顔がないと思っていただけに、会いたい思いが募る。

『こちらから連絡をするから』

そうメールをしたきり、メールも電話もできていない。よし、今の隙に、と枕元においた携帯に手を伸ばしたそのとき、

「お待たせしました」

と病室のドアが開き、橘が戻ってきてしまった。

時間にして一分も経《た》ってない。必要もないのに走ってきたらしい彼に、ミネラルウォーターのペットボトルを差し出され、僕は、

「あの、橘君。本当にもう、大丈夫だから。君は会社に行ったほうがいいよ。それで様子を教えてくれないかな」

頼むから、と頭を下げた。

今日は平日。時刻は間もなく午後四時になろうとしている。本来であれば、当分病院で待機と言われた僕はともかく、橘も会社を休む必要はなかったというのに、彼はごく当然のように有休をとり、ずっと僕に貼り付いているのだ。

まさかこのまま、病室に泊まるとか言い出さないよな？　そのつもりなら断らないと。そう思ったこともあり、会社に行くよう促したというのに、橘はきっぱりと、

「いえ、ここにいます。あなたが心配ですから」

そう言い切り、じっと僕の目を見つめてきた。

「心配してもらうようなことはないよ。もう気分も悪くないし、意識もはっきりしているし」

また一時間ほど前のやり取りの繰り返しとなっている。橘ははっきり『心配』の内容を口にしないものの、それが僕の体調ばかりでなく、精神面での落ち込みについてだとわかるだけに、その心配はないのだ、と一時間前にも僕は主張したのだが、何を言っても彼は信じてくれなかった。

価値観の差なのだろう。橘がもし同じ目に遭ったとしたら、精神的に耐えられないということなんだろうが、そうした感覚は人それぞれだということが、彼にはわからないのだ。

心配してもらうのはありがたいし申し訳ないとも思う。でも、その心配は不要だとわかってほしい。

一体どう言えば納得してもらえるんだろうか。はっきり『自殺なんて考えていないから』と言ってしまおうか。しかし逆に心配を煽《あお》りそうだな、と、考え込んでしまっていた僕の耳に、おずおずとした橘の声が響いた。

「あの……長瀬さん」

「え？」

目をやった先では、橘が少し迷った素振りをしていたが、やがて意を決したような顔になると思わぬ問いをかけてきた。

「桐生さんって、どんな人なんですか？」

「……っ」

いきなり出された桐生の名に驚いたあまり、僕は声を失ってしまった。

「いや、その、長瀬さんの恋人って、どういう人なのか興味があって……その、興味本位で聞きたいというわけではなく……いや、やっぱり興味本位ではあるんですが」

あわあわとし始めた橘は、自分でも何を言っているのかわかっていないような感じだった。

「すみません、知りたいんです。なぜだか。長瀬さんがどんな人と付き合っているのか、付き合ったきっかけはなんだったのか」

「……それは……人に話すようなことじゃないから……」

なぜ、彼がそれを知りたいのか。他人の恋愛に興味があるという単なる好奇心や、自分でも言っていた『興味本位』ならまだいい。

だが彼の興味の対象が僕にあったら――とんだ自意識過剰だと笑われるのは覚悟しているが、もし、そうだった場合、今後彼との付き合いをどうしたらいいのか困ってしまう。

どうやら本人には自覚がないようだから、気づかないうちにそのまま流したい。

考えすぎだったらいいのだけれど、と思いながら僕はここで話を切り上げようとした。

「それでも聞きたいと言ったら？」

普通は『話すようなことじゃない』と言えば、『話したくないのだな』と察してもらえるものじゃないかと思うのだが、橘に『普通』を求めた僕が馬鹿だった。

「ごめん、話したくないんだ」

ストレートに言うべきだった、と言い方を変える。が、橘はそれでも退《ひ》いてくれなかった。

「是非、教えてください」

「…………」

どうして、と聞くしか、断る方法はない。だが理由を橘に考えさせることは避けたい。

「聞きたいんです」

橘がじっと僕の目を見つめ、訴えかけてくる。

子犬かよ、と、黒縁眼鏡の奥のつぶらな瞳を見やる僕の口から、溜め息が漏れる。

「桐生さんって、どんな人なんです？　トシは？　いつから付き合っているんです？　今、何をしてる人なんですか？」

立て続けに質問を発してくる橘を、どうやり過ごせばいいのか。頭を抱えそうになっていたそのとき、ノックの音が響いた。

「あ、はい」

てっきり医師か看護師だろうと思い返事をした僕の目の前で、病室の引き戸が開く。

「やあ」

入って来た男の姿を見て、驚きから僕は大声でその名を叫んでしまった。

「大河内課長！」

「長瀬君、災難だったね」

訪問者はなんと、内部監査部の上司、大河内課長だった。今朝は彼が大阪に到着するより前に東京へと向かっていたから、今日、初めて顔を合わせるわけだが、東京大阪間を往復したとはとても思えない、少しの疲労も感じさせないその顔を、僕は思わずまじまじと眺めてしまっていた。

実は彼は僕が珍しく苦手としている人物で、橘曰《いわ》くゲイだという。

なぜ苦手かというと上手く説明できないのだが、何を考えているのか、思考がまったく読めないからと、腹に一物も二物もありそうなところがあるからだった。因《ちな》みに僕自身は彼がゲイであるという確信は得ていない。

イタリア男を連想させるイケメンでもある彼が、眉を顰《ひそ》めつつ入室し、僕が上体を起こしていたベッドへと近づいてきた。

「ご迷惑をおかけし、申し訳ないです」

ぼんやりしている場合じゃなかった。そもそも監査の内容について、岸本が怪しいと思った時点で、大河内に相談すべきだった。そうしていたらこのような状況には陥らずに済んだのでは。その思いから頭を下げた僕の横から橘が強い語調で大河内に訴えかける。

「長瀬さんのせいじゃありません。僕が熱を出したりしたのが悪いんです。長瀬さんに責任はありません」

「いや、その……」

橘にはそれこそ、責任などない。庇《かば》ってくれようとしていることはわかるが、と彼を黙らせようとしたのは僕だけではなかった。

「橘君、悪いんだけど、長瀬君と二人で話がしたいんだ。ちょっと外してもらえるかな?」

大河内がにっこりと微笑み、橘にそう声をかける。

「え……っ。どうしてです?」

橘はまさかの抵抗をみせたが、大河内は橘の扱い方を心得ていた。

「上司命令だ。部屋を出なさい」

「……わかりました」

『上司命令』と言うのが伝家の宝刀だったようだ。僕も『先輩命令』と言えばよかったのか、と思わせるような素直さで、橘は病室を出ていった。

「…………」

さすが、と感心していた僕に、大河内がにこやかに声をかけてきた。

「随分と橘君を手懐《てなず》けたじゃないか」

嫌みっぽくはなかったが、やはり腹に一物ありそうな発言に、どう返したらいいのかと躊躇《ちゅうちょ》していた僕に、大河内が続けて声をかけてくる。

「マスコミ対策は上手くいったよ。岸本は大麻取締法での逮捕を受け解雇が決定したが、それが報道されることはないはずだ。勿論《もちろん》、君の名が出ることもない」

「それは……よかったです、本当にありがとうございます」

名前なんて報道されれば、家族は勿論、桐生にも心配をかけることになる。本当によかった、と心から安堵し、感謝の念を頭を下げることで伝えようとした僕に対し、大河内が苦笑する。

「いや、マスコミを抑えたのは僕でも会社でもない。橘修平《しゅうへい》弁護士だから」

「え」

ということは、と、驚きの声を上げた僕に大河内は、

「本当に君はこの短期間で、よくよく橘君を手懐けたよね」

と心底感心した声を出した。

「手懐けたわけでは……」

少し、打ち解けられた気はするけれど、そのために何をした、ということは別にないのだが、と、訂正を入れようとした僕の言葉に被せ、大河内が言葉を続ける。

「この病院も橘弁護士の紹介だそうじゃないか。聖路加《せいろか》の個室なんて、一体いくらするんだか」

「えっ」

そうだったのか、と驚くと同時に、値段のことを考え背筋が寒くなる。

当然ながら費用は自分持ちだろうと思ったからなのだが、青ざめる僕の前で大河内はパチ、

と片目を瞑《つぶ》ってみせた。

「費用も橘修平に持ってもらうんじゃないのかな」

「まさか。自分で払います」

そういうわけにはいかないだろう。慌ててそう告げた僕に大河内が、

「冗談だよ」

と笑う。

「マスコミ対策もあったから、どっちみち個室じゃないとマズかったんだ。当然、費用は会社が持つ。とはいえさすがに何日も、というわけにはいかないし、マスコミのほうもカタがついたので、精密検査の結果が出次第、君の体調さえ許せば退院してもらいたいんだけど」

「あ、わかりました。すぐにも退院します」

まだ少し頭痛と胃のむかつきは残っていたが、起きていられないほどではない。退院すれば橘の目を気にすることなく桐生と連絡を取るチャンスもできるだろう。

それで僕は早速ベッドを降りようとしたのだが、大河内に笑って止められてしまった。

「無理しなくていい。まだ万全じゃないんだろう？　あんなことがあったあとだし、ゆっくりしてくれていていいよ。検査の詳しい結果は明日出るということだったし」

「大丈夫です。本当にもう」

検査結果は明日、聞きに来ればいい。そう思っていたというのに大河内は、

「まあ、ひとまずは休んでいなさい。今退院手続きしても明日しても同じだから」

と言い、僕をベッドに戻した。

「それより、体調は？　顔色はまだ悪いね」

今更だけど、と断ってから、大河内が僕に尋ねる。

「大丈夫です」

先ほどと同じ答えを返した僕の顔を、大河内がじっと見つめる。

「……あの……」

それまでの饒舌《じょうぜつ》さはどこへやら、彼は何かを言いよどんでいるようだ。今回の件につき、詳細な説明を求めようとしているのだろうか。強姦されかけた、ということを喋《しゃべ》らせるのは気の毒だと思い、それで質問の仕方を考えている——とか？

まあ、進んで話したいような内容ではないが、隠す必要もないので話せないことではない。

唯一、言わずにすませたいことがあった。岸本の口から桐生の名が出た件は、できることなら言わずに流してしまいたい。

岸本は逮捕されたということだったが、警察に対して、そして会社に対して、どんなことを言っているんだろう。そこに桐生の名が出ていないといいのだが。

そんなことを考えていた僕の前で、大河内がコホン、と咳払いをしたあと、やにわに口を開いた。

「長瀬君、純然たる被害者である君に、こんなことを言うのは僕としても心苦しいんだが、気を悪くせずに聞いてもらえるかな?」

「……はい?」

この上なく、悪い予感がする前置きに、鼓動が嫌な感じで高鳴る。

「……実はね」

大河内がベッドの傍らの椅子に腰を下ろし、話し出す。

今まで椅子を勧めることを忘れていた自分の胡乱《うろん》さに気づき、慌てて「すみません」と謝った僕の声に、大河内の硬い声が重なって響いた。

「君の処遇についてなんだが、人事部から退職を勧告してほしいと言われていてね」

「えっ」

退職――?　なぜだ。何か会社を辞めなければならないようなことをした覚えはないのだが。

呆然《ぼうぜん》とする僕の前で大河内が伏せていた顔を上げ、真っ直ぐに僕を見つめてくる。真摯《しんし》、というよりは冷たさを感じさせるその瞳を前に僕は、一体なぜ会社を辞めねばならないのかということを問うこともできず、その場で固まってしまっていた。

2

「君としても納得できないとは思う。君に非はないんだからね。人事もそこはわかっているんだ。しかしなんて言うかな、君は少し、トラブルに巻き込まれすぎだと、会社としてはそこを問題視しているというわけなんだ」

「…………」

まさかの退職勧告によるショックから、ようやく僕は脱しつつあった。とはいえ衝撃が去ったというわけではなく、慣れた、というのか、やっと大河内の喋る内容について理解できるようになってきた、という感じで、未《いま》だに呆然としつつ僕は彼の話を聞いていた。

「今回の件も、君に当然、非はない。『非』どころか、異動したばかりだというのに事業会社の不正を見抜いた、いわば仕事上では大金星を上げたといっていい。そこはちゃんと会社もわかっているんだ。警察が介入したのも君の身の安全を思えば当然の措置だしね。これが初めてのトラブルであったのなら、なんの問題もないんだよ。初めてならね」

ここで大河内が言葉を切り、僕の目を覗《のぞ》き込むような目つきとなる。

「内部監査部に異動になる前に君は、名古屋でもトラブルに巻き込まれている。しかも、こちらも警察が介入した大きなトラブルだった。勿論、その件に関しても君にはなんの非もない。純然たるとばっちりだ。でも名古屋でのトラブルは『例の件』だけじゃないだろう？嫌がらせのメールが支社内にバラ撒《ま》かれたことがあったよね」

「それは……っ」

名古屋での上司、姫宮《ひめみや》課長からの一方的な確執をここで持ち出されるとは思っていなかった僕は絶句してしまったのだが、そんな僕の目を見つめたまま、大河内は言葉を続ける。

「あれも君は純然たる被害者だった。犯人が誰であったかもわかっているが、彼に対して君が何をしたわけではないということは、上司の小山内《おさない》部長も証言していた。しかし続き過ぎるだろう。まだあるよね。名古屋に行く前、君の学生時代の友人とメキシコへの語研生が会社の前で殴り合いの喧嘩《けんか》をしたこともあった」

「…………」

次々と挙げられる『トラブル』に僕は今や、完全に言葉を失っていた。

それぞれ、その時には問題視されはしたが、それなりに『解決』していたため、言い方は悪いが『喉元すぎれば』で既に僕の記憶の中ではそれらの出来事は薄れていた。

それを一気に突きつけられ、充分動揺してしまっていた僕に対し、大河内は一瞬、まるで躊躇するかのように黙り込んだあと、すぐさま小さく息を吐き出すと、僕にとってはまさに『致命傷』となる過去の『トラブル』を口にしたのだった。

「……この件まで持ち出すのはどうかとは思うが、今回、岸本が君にあのような行為をしかけたのは、君がかつて同期の男性社員にオフィス内で強姦されたという事実を知っていたからだ、と警察で証言しているそうだよ。確か桐生といったか……それに関しても君は当然被害者だ。しかし今更警察にその件が知られたというのはやはり、会社としても痛い……とはいえ君の心の傷を抉《えぐ》るようなことはすべきではなかった。悪い」

大河内はそう言い、頭を下げてきたが、言葉とは裏腹に彼は計画的にこの件を持ち出したに違いない、と、衝撃が大きすぎた結果、かえって冷静になってしまっていた僕はそう、確信していた。

「……恩着せがましいことを言うようだが、実際、君自身も、こんな状態では今後会社に居づらいだろう。会社としては君の再就職先についても協力は惜しまないし、退職金についても特例の措置を約束している。客観的に見て、悪い話ではない……とは思う。勿論、選ぶのは君だ。会社は強制はできないからね」

にっこり。華麗に微笑み大河内はそう言うと、軽く会釈をしてみせた。

「それじゃあ、僕はこれで失礼するよ。君が思ったより元気そうで安心した。明日も出社はしなくていい。ああ、これも勿論『来るな』という強制ではないよ。会社としての気遣いだ。一人でゆっくり、自身の進むべき道を考える時間に充ててくれていいということだからね」

もともと、喋る内容を用意していたのだろう。大河内は一気にそこまで喋ると、再び、

「じゃあね」

と微笑んでみせてから、僕が何を言うより前に病室を出ていってしまった。

「…………………」

呆然とその後ろ姿を見送っていた僕の口から溜め息が漏れたのは、それからゆうに一分は経過してからだった。

頭を整理しよう、と橘が先ほど持ってきてくれたミネラルウォーターのペットボトルを取り上げ、水を飲む。

まだ少しも温《ぬる》くなっていないことから、大河内の訪問がほんの五分にも満たない間だったと自覚させられた僕の口からは再び、より深い溜め息が漏れていた。

まさかのクビ宣告――いや、違う。クビなど宣告しようものなら、僕から訴えられるであろうと見越した、物凄《ものすご》くソフトな退職勧告だった。辞める辞めないの選択権は僕にあると、大河内は何度も繰り返していたし、それは『事実』ではあるのだろうが、もし『辞めない』という選択をした場合、社内での僕の処遇は相当、厳しいものになると簡単に予想できる。

会社からすると、クビにする決定的な要素はないが、空気を読んで辞めてくれ、というところだろう。あからさまにそれを示され、僕は酷《ひど》くショックを受けていた。

どうしよう――頭に浮かぶ言葉はその一つのみで、具体的な案など一つも思いつかない。辞めるしかないのか。決めるのは僕だとは言われたが、『辞めない』という選択肢が与えられているとはとても思えなかった。

退職した場合には優遇措置をとる。しかし辞めなかった場合には――どうなるんだ。誰かに相談したい。真っ先に浮かんだのは桐生の顔だった。が、相談したときの彼のリアクションを想像し、躊躇いを覚えた。

桐生はきっと怒る。そして『辞めてしまえ』と言ってくれるのではないか。とはいえ、自分とのことが今更問題になっているのを、彼には知られたくない。感じなくてもいい責任を感じてほしくないからだ。

そこは言わないでおく、という道もあるが、それをおいても桐生に自分の進退を相談するのはやはり、なんだか違う、と思ってしまう。

桐生に釣り合うパートナーになるには、自分の足でしっかり人生を踏みしめる、というのが最低限必要なことではないかと思っているだけに、彼に選択を委ねるわけにはいかない。自分で決めるべきだろう。

そうは思うが、この『自分で決める』がなかなかに難しい。後悔のない人生を歩みたいというのがそもそも、欲張りなのだろうか。失敗することを恐れず進むことこそ、『自分の足で立つ』ということなのでは。

わかってはいるが、自分で自分の道を決めるのはやはり勇気がいる。しかし誰かに相談しようにも、内容が内容なだけに相談する相手がまず思いつかない。

社内の友人に明かすのは躊躇う。吉澤《よしざわ》にも尾崎《おざき》にも言えない。田中《たなか》になら相談できそうだが、メキシコで頑張っているであろう彼を思うと、こんなつまらないことで煩わせたくはない。

そういえばかつての上司、野島《のじま》さんから、田中が近々一時帰国で戻ってくると聞いたのだった。このタイミングで戻ってきてくれたら、飲みに行くついでに相談もできそうだが、『できそう』なだけに、してしまっていいのかという迷いもある。

「……………どうしたらいいんだ……」

思わず口からその言葉が零《こぼ》れる。

本当に情けない。自分のことは自分で考え、決めるしかないのだ。にしても。

本当に――どうしよう。

辞めるしかないのか。辞めない、と主張してもいいのか。

気持ちとしては、辞めたくはない。しかし、針のむしろ状態で会社に居続ける勇気もない。では辞めるかとなると――絶対、辞めたら後悔する、とわかっているだけに、辞める選択はまだしたくない。

そもそも、理不尽だと思うのだ。大河内も何度も、『君に非はない』と言っていた。確かに僕は『巻き込まれる』体質だとは思うが、それが原因で会社を辞めろと言われるとは思っていなかった。

やはり辞めたくはない。だが頭のどこかで、辞めるしかないだろうか、という諦観もある。

本当に、どうしたらいいんだか――我ながら女々しいぞ、と思いつつも、またも溜め息を漏らしてしまっていた僕の耳に、病室のドアをノックする音が響く。

「……はい?」

誰だ? 可能性としては橘くらいしか思いつかない。まさか大河内が引き返してきたわけでもないだろう、と思いつつ返事をした僕の目の先で、病室のドアが開く。

「……長瀬……さん」

ドアを開いたのは、予想どおり橘だった。

「どうした?」

人物としては『予想どおり』ではあったが、表情はまるで想像外だった。酷く思い詰めた表情をしている彼の顔を見た瞬間、もしや彼は僕と大河内のやりとりを聞いていたのではないかと気づいた。

面倒くさいことにならないといいのだが。人事に対してクレームを言い出す、とか、彼ならしかねない気もする。これ以上、問題を大きくしてもらいたくはないので、もしそんなことを言い出したらすぐさま断ろう。

内心頭を抱えてしまいそうになりつつ尋ねた僕の前では、橘が相変わらず強張った顔をして僕のことを睨《にら》んでいる。

「長瀬さん……どういうことなんですか？」

「……え？」

僕はてっきり、彼の怒りの対象は、会社にあるのだとばかり思い込んでいた。

しかしどうやら違うらしいということを、次の瞬間知らされたのだった。

「桐生さんって、あなたの恋人ですよね？　でも今、大河内課長はあなたが強姦された同期が桐生という名だと言ってました。偶然、同じ名字なんですか？　それともまさかあなた、強姦された相手と今、付き合っているんですか？」

「な……っ」

橘の問いかけがあまりにストレートなことにも充分、僕は驚いていたが、それ以上に驚かされたのは彼の剣幕だった。

心の底から怒っている。そう感じられる激しい語調に気圧《けお》され、声を失っている間に橘は次々と僕に言葉をぶつけてきた。

「黙っているということはやはり、『桐生』はあなたを強姦した相手なんですね？　どうして強姦された相手と付き合っているんです？　あっ」

ここで橘が、何か察した声を出す。

「もしや、脅されてるんですか？　関係を続けなければ更に酷いことをすると……っ」

「ち、違うよ」

黙っていたのは君の迫力に押されたからで、君の言うことを認めたわけじゃない――とはいえ、桐生が僕を強姦したのは事実ではあるのだが、ともかく、これ以上、橘には桐生との関係を突っ込まれたくはない。言うまでもないし、本人もわかっているだろうが、橘に追及される理由はないのに、なぜそうも突っ込んでくるのか。しかも大河内課長との会話を立ち聞いた上で。

今更ではあるがそこに気づき僕は逆に彼に問うことで冷静さを取り戻させようとした。

「そもそも、君に言う必要はないよね？」

「あります！」

「えっ」

まさかの反撃に今度こそ僕は絶句した。

「あります。あなたには誰より幸せになってほしいから！」

「…………」

一体彼は何を言い出したのか。唖然とする僕に向かい身を乗り出し、橘は今まで以上に熱っぽく訴えかけてきて、ますます僕から言葉を奪っていったのだった。

「『桐生』といてあなたは本当に幸せといえますか？　あなたは桐生に脅されているんじゃないですか？　無理矢理、関係を結ばされた状態が続いているんじゃないですか？　まさに今日まで！」

「違う。違うよ。でももう、これ以上、君の質問に答える気はない」

絶句してばかりもいられない。話を切り上げようとしたのに、橘の興奮は収まる様子をみせなかった。

「脅されているのでなかったら、きっとあれです。ストックホルム症候群。あなたは思い込んでいるんです、きっと。自分がその桐生という人のことが好きだと」

「ちょ、ちょっと待ってくれ。なんだその『ストックホルム症候群』って」

少しも聞く耳を持ってもらえない。どちらかというと僕のほうが彼の主張に耳を傾けてしまっている。

それじゃいけない。そうは思うが、橘の発言が予想外すぎて、つい、突っ込んでしまうのだ。

「酷い目に遭った被害者が加害者に対して共感を持つという、アレです。長瀬さんはきっとそれですよ。桐生という人のことが好きだと思い込んでいるだけです。でもそれは誤解だ。よく考えてください。強姦された相手を好きになるわけ、ないでしょう？」

「決めつけはやめてくれよ。君に何がわかる？」

「一般論です。あなたは自分を見失っているんです」

きっぱりと言い切る橘は、僕が何を言おうとも自分の主張を曲げそうになかった。

「カウンセリングを受けたほうがいい。明日にも手配します。目を覚ましてください。長瀬さん」

「カウンセリングとか、いらないから……っ」

このままでは橘は、自分の言葉どおり明日、僕にカウンセリングを受けさせかねない。なんなんだ、この思い込みの激しさは。この決めつけは。僕の何を知っているというのだ。焦るばかりで反論できずにいた僕を、橘は全力で説得しようとしてきた。

「カウンセリングは受けるべきです。何が正しくて何が誤っているのか。しっかり自覚すべきだと思います」

「……自覚はしているよ。ちゃんと」

どうすれば彼の暴走を止めることができるのか。もう、放っておいてほしい。余計なお世話だ。僕がそう思っていることを伝えるにはやはり、ストレートに言うしかないのか。

橘に悪気がないことはわかっているだけに、あまりきついことは言いたくない。せっかく僕に対して――という以上に、他者に対して心を開く気になったのだ。また心を閉ざすようなことはできれば避けてやりたい。

人のことを心配している場合じゃないとはわかっているが、それでもつい躊躇ってしまっていた僕は不意に橘に肩を摑《つか》まれ、我に返った。

「僕はあなたの役に立ちたいんです……っ」

「……橘君……」

真摯すぎるその声音が、涙ぐんでさえいるその瞳が、僕から言葉を奪っていく。

「……僕の言うことに耳を傾けてください。お願いします、長瀬さん……」

「………………」

これはもう、何を言っても聞く耳を持ってはもらえない気がする。僕の言うことにこそ、耳を傾けてもらいたいのだが、ここまで頭に血が上っている橘にそれを求めるのはある意味酷といえるだろう。

彼が冷静になるのを待とう。さすがに今、この瞬間にカウンセラーを連れてくるようなことはしないだろう。今は病室を出てもらい、その間に進退について考えることにしよう。

心を決めると僕はそれを実践するべく、橘に向かい口を開いた。

「少し、一人にしてもらえるかな。今はなんだか混乱してしまっているので、落ち着いて考えたいんだ」

「一人……」

橘は眉間に縦皺を刻んだものの、

「わかりました」

と頷いてくれ、僕を内心ほっとさせた。

「僕もいろいろと当たらなければならないところがあるので暫《しばら》く外します……でも、くれぐれも、おかしなことは考えないでくださいね？」

未だ心配しているような様子をしつつも橘はそう言うと、摑んでいた僕の肩を一層強い力で摑み直したあとに、手を離した。

「また夜に来ます」

「え」

夜ってなんだ。数時間後じゃないか。まさか泊まるとか、言い出さないよな。やはり橘の行動は読めない、と唖然としていた僕を残し、橘が、

「夕食の時間には戻ってきますので」

と頷き、病室を出ていく。

「…………いいよ、戻ってこなくて……」

ドアが閉まるのを眺めていた僕の口から、本心が漏れてしまった。まさか聞こえはしなかったよな、と、案じつつも、もう、いい加減にしてくれ、という苛立《いらだ》ちもあり、そのままベッドに倒れ込む。

わかっている。これは単なる八つ当たりだ。何もかもがうまくいかないという悪夢の中にいるといっていいような状況に追い込まれ、自棄になってしまっているのだ。

今までの人生、波乱万丈とまではいかないが、順風満帆だったわけでもない。危機的状況も迎えてきたし、それこそ大河内に指摘されたように、トラブルにも多々、巻き込まれてき

た。

挫《くじ》けそうになったこともあるが、結果として切り抜けてきた。しかし今回ばかりはどうにもならない予感がする。

会社問題だけでもキャパオーバーなのに、橘の暴走まではとても受け止めきれない。彼には悪意などないことは勿論わかっているが、悪意があったほうが拒絶しやすいという意味ではまだマシだったかもしれない。

駄目だ。どうしても思考が後ろ向きになる。せっかく一人になったのだ。桐生に連絡を入れようじゃないか。

なんとか気力を取り戻し、枕元においておいた携帯を取り上げたそのとき、病室のドアをノックする音がし、僕はその音のほうへと視線を向けた。

まさか橘が早くも戻ってきたとか？　夕食まで戻らないと言っていたじゃないか。もしや僕が手首でも切るのではと案じて戻ってきたのか？

「はい」

答えた声は我ながら、随分と棘《とげ》のあるものになってしまった。医師や看護師ならこちらの返事を待たずにドアを開くだろうし、ここに入院していることは橘と、そして大河内しか知らない上、大河内がわざわざ引き返してくる可能性は著しく低い、よってドアの向こうにいるのは橘だろうと踏んだからだった。

桐生に連絡を入れようとしていたというのに、邪魔しないでほしい。八つ当たりではあったが、やはり不機嫌にならずにはいられなくて、それで愛想なく——という以上にむっとしたまま応対してしまっていた僕の視界の先でドアが開く。

「……っ」

部屋に足を踏み入れてきたのは、橘ではなく、まさに今、連絡を取りたくても取れないでいることに苛ついていた相手——桐生だった。

「大丈夫か？」

心持ち顔色が悪く見える彼の端整な顔。その眉間にはくっきりと縦皺が刻まれている。

「桐生……どうして？」

僕は夢でも見ているんだろうか。桐生に居場所を知らせた覚えは少しもないし、彼に僕の居場所を教える人間に心当たりもない。

なのにどうしてわかったんだ、と問いかけた僕へと桐生は大股に近づいてくると、がしっと両肩を摑み、幾分不機嫌に感じる口調で僕を問い詰めてきた。

「入院したと聞いて、どれだけ心配したと思う？」

「ご、ごめん……」

未だ呆然としてはいたが、桐生の目の中に言葉どおりの、この上ないほどの心配の色を認めたと同時に、僕は彼に詫びていた。

「無事でよかった」

そんな僕を桐生がきつく抱き締めてくる。

ああ、桐生だ——この腕の感触、このコロンの匂い。夢でも妄想でもなく、僕は今、確かに桐生に抱かれている。

「桐生……」

会いたかった。声を聞くだけでもよかった。彼の存在そのものに飢えていた。こうして抱き締めてもらえるなんて夢のようだ。いや違う、夢じゃない。現実だ。

胸がいっぱいになると同時に頭の中は空っぽになり、僕はただただ己を抱き締める桐生の腕の力強さを求め、彼の胸に縋《すが》り付いた。

「災難だったな。本当に……」

そんな僕の背を、望みどおり、しっかりと抱き締めてくれながら桐生が耳許《みみもと》に囁《ささや》きかけてくる。

「え?」

あたかも状況を把握していそうな桐生の口ぶりに、僕はようやく自身を取り戻すことができたのだった。

そもそもなぜ桐生は僕の居場所を知っているんだ? それを問いかけるべく、彼の胸に手をついて少し距離を作ると僕は愛しくてたまらないその顔を見上げ、問いを発した。

「どうして？　どうして僕がここにいるとわかった？」

「ありとあらゆるコネを使った」

「コネ？」

どんな、と問おうとした僕に桐生が微笑み、頷いてみせる。

「ああ、三友《みとも》商事は勿論、お前のメールの文面から、ただならぬことが起こったんじゃないかと心配になり、大阪府警に問い合わせたんだ」

「大阪府警に、知り合いがいるのか⁇」

初耳だ、と驚いた僕を見て、桐生が呆《あき》れた顔になる。

「驚いたのはこっちだ。問い合わせはしたが、まさか名古屋に次いで大阪でも警察沙汰になるような事件に巻き込まれているとは思わなかったぞ」

「…………だよね……」

呆れながらにして、桐生の瞳の中に怒りの色を見出《みいだ》し、彼がどれほど心配してくれたかを察した僕は改めて彼の前で深く頭を下げた。

「ごめん……本当に。心配かけて」

「まったくだ」

桐生がふっと笑う声が耳に響いたと同時に、ぽん、と下げた頭に彼の手が乗せられた。

「お前のせいじゃないんだ。謝ることはない」

「でも……」

心配かけたのは事実だし、と僕が顔を上げ、告げようとするより早く、頭に置かれた桐生の手がすっと下がり、顎を捕らえられた。

そのまま上を向かされたところに彼の唇が落ちてくる。

「ん……っ」

甘いキス。しっとりとした彼の唇の感触が心地《ここち》よく、思わず目を閉じくちづけに酔う。

歯列を割るようにして侵入してきた桐生の舌が僕の舌に絡み、強く吸い上げられる。優しさから一転し激しさを増してきたキスに頭の芯がクラクラしてきたところ、桐生が僕に覆い被さり、ベッドに押し倒してきた。

病室のドアには施錠はできない。いつ医師や看護師が入ってくるかもわからない。駄目だよ、と胸を押しやりキスを中断させるべきだと頭ではわかっているのに、理性は簡単に感情に押し流され、僕の両腕はしっかりと桐生の背へと回っていた。

「………」

薄く目を開くと、くちづけを継続したまま、桐生が僕を見下ろしているのがわかった。目が合った瞬間、焦点が合わないほどに近いところにある彼の目が微笑みに細められる。

優しげなその瞳に、どき、と鼓動が高鳴り、堪《たま》らない気持ちが募っていく。ますます深くなるくちづけに身も心も蕩《とろ》けてしまいそうになりながら、桐生の背をしっかりと抱き締めたそのとき、ドアをノックする音が室内に響き、直後に引き戸であるそのドアが開いた。

「長瀬さん、僕、考えたんですけど……っ」

喋りながら入ってきた彼の——橘の声がここで止まる。

「あ……」

焦った僕は桐生の胸を押しやり、身体を起こした。呆然と僕ら二人を——今の今まで、ベッドの上で抱き合い、唇を合わせていた僕たちを見つめる彼に、なんと声をかけたらいいのか、頭の中が真っ白になってしまい、言葉が一つも出てこない。

そんな僕の代わりに——というわけではないだろうが、桐生が口を開いた。

「君が橘君か。長瀬がいろいろ世話になったようで、改めて礼を言うよ」

「な……っ」

ニッと笑い、軽く頭を下げる桐生を前に僕は、ますます声を失っていった。

いかにも余裕綽々《しゃくしゃく》といったこの態度。もしや桐生は橘が来ることを知った上でキスをしかけてきたんじゃないか？

それこそ牽制《けんせい》、という意味で。

そんな必要はない上に、今、橘を刺激するのはマズいというのに、と慌てて僕はフォローに走ろうとした。が、時既に遅し、橘は気づいてしまったようだ。

「……もしかしてお前が『桐生』か？」

厳しい目で桐生を見据え、そう問いかけてくる。

「呼び捨てか」

桐生は苦笑してみせたあと、視線を僕へと向けてくる。

「あ、あの、桐生」

何をどう説明すればいいか、わからないながらも彼に呼びかけた瞬間、橘が激昂《げっこう》した声を上げた。

「やっぱりお前が桐生か！　この強姦魔‼」

「え？」

桐生が目を見開き、自分を糾弾する橘を見やる。

彼がこうも驚く顔を見るのは久々だ——などと呑気《のんき》なことを考えている場合ではないことはわかっているのに、テンパリすぎた僕の頭はそんなことにしか働かず、燃えるような目で桐生を睨む橘を前に、これから起こり得るおそらく自分にとっても桐生にとっても好ましいとは思えない事象を回避する術《すべ》をなんとか思いつきたいと、必死で頭を巡らせようとしたのだった。

3

「強姦魔とはご挨拶だな」

さすが桐生。立ち直りは僕より早かった。苦笑しつつそう言い、橘の反応を見ようというように腕組みをする。余裕ある彼の態度を目の当《ま》たりにし、ようやく僕も冷静さを取り戻すことができつつあった。

「長瀬さんから離れろ！」

ただ一人、橘だけは未だ興奮の真《ま》っ直中《ただなか》にいるらしく、桐生を取り殺しそうな目で睨みながら彼を糾弾している。

「橘君、落ち着いてくれ」

橘のこめかみはピクピクと痙攣《けいれん》し、顔は真っ赤になっていた。今にも血管が切れそうな勢いで桐生を怒鳴りつけている。泡でも吹いて倒れるんじゃないかと心配になり、僕は彼に声をかけたのだが、逆効果だったようだ。

「長瀬さんこそ、目を覚ましてください！」

今度は僕に向かい大声を張り上げてきたものだから、参ったな、と思わず顔を顰《しか》めてしまった。

「どうしてそんな顔するんですす！」


途端に橘が泣きそうな顔になる。そっちこそ、どうしてそんな表情を、と唖然としていたそのとき、病室のドアが開き看護師が師長を連れてやってきた。

「一体なんの騒ぎです？　ここは病院ですよ？」

年配の師長が凛《りん》とした声を張り上げる。さすがの迫力に身を竦《すく》ませたのは、だが、僕だけだった。

「邪魔しないでください。今、取り込み中ですから！」

怖い物知らずというか世間知らずというか、橘が語気荒く言い返したのを前に、僕も桐生も唖然としてしまった。

「橘君、駄目だよ」

しかし唖然としてばかりはいられず、一瞬絶句した看護師長の隙を突き僕は橘に注意すると、再度怒声を張り上げようとした師長に対し深く頭を下げた。

「騒がしくして申し訳ありません。静かにさせますから」

「長瀬さん……」

橘は見るからにしゅんとなった。と、横から桐生も師長に向かい頭を下げる。

「大変失礼しました。私はもう帰りますので」

「えっ」

もう、と思わず声を上げそうになった僕に桐生が小さく頷いてみせたあと、師長と看護師、二人に、男の僕でも惚《ほ》れ惚《ぼ》れするような——ってもともと僕は桐生に惚れているのだけれど——魅惑的な笑みを浮かべ、会釈をする。

「あ、そうですか」

「……でしたらまあ……ねえ？」

師長と看護師はあきらかに、桐生に対してときめいていた。なんだか妬《や》ける、と思っているのがわかったのか、桐生は苦笑すると僕へと軽くウインクし、

「それじゃあ『またな』」

との言葉を残して颯爽《さっそう》と病室を出ていってしまった。

「あっ！　おい！」

橘があとを追おうとするのを、

「橘君」

と呼び止めることで制すると僕は、君も謝りなさい、という意味を込め彼を睨んだ。

「…………申し訳ありませんでした」

察してくれたらしい橘が頭を下げる。が、相手が違う、と僕は目で師長と看護師を示してみせた。

「あ……ええと、すみません」

橘が初めて気づいた顔になり、看護師たちに頭を下げる。これって逆効果かもな、と思わずにはいられないほど、『とってつけた』感が表れている彼の謝罪を受け、師長と看護師は随分と呆れた様子で顔を見合わせ、肩を竦め合っていた。

「ともかく、静かにしてください」

いいですね、と念押しし、二人が退室する。

「長瀬さん、すみません」

僕が思わず睨んでしまったからか、橘は心底反省した顔になり頭を下げて寄越したが、それに関して僕が何を言うより前に顔を上げ、

「あれが桐生ですか」

と迫ってきた。

「…………」

本当にもう、いい加減にしてくれ。

せっかく桐生が来てくれたのに、彼との逢瀬《おうせ》を妨害されたことへの怒りもあったため、僕は橘には何も言葉をかけることなくただ彼を睨んだ。

「……長瀬さん……」

ようやく僕の怒りを察したらしい橘が、おずおずと声をかけてくる。

「怒ってます？」

「……会社に戻るんじゃなかったのか？」

どうしてここに戻ってきた、と批難の意を込めて問い返す。と、橘はあからさまなほど動揺してみせ、僕を啞然とさせた。

「すみません。なんとなく離れがたかったというか、僕が傍にいなきゃ駄目だという義務感に駆られたというか……」

「そんな義務、ないから」

言うまでもないけれど、と僕が言い返すと、橘はますますおどおどし、意味のわからない言い訳を始める。

「義務じゃありませんでした。あくまでも僕の希望……というか願望です。一人にしたくなかったんです。迷惑だと思われても、あなたの傍にいたいと、そう思ってしまったんです」

申し訳ありません、と再度橘は頭を下げて寄越したが、そう言う彼の顔には『必死』としかいいようのない表情が浮かんでいた。

「……僕は大丈夫だから。会社に行きなさい」

大河内の『上司命令だ』を思い出し、命令口調になってみる。

「……わかりました」

どうやら有効だったらしく、橘は一瞬、何か言いたげな顔になったが、すぐさま項垂《うなだ》れ、そのまま病室を出ていった。

「………」

やれやれ。とつい、溜め息をついてしまったあとに、こうしちゃいられない、と僕はスマホを手に取り、桐生の番号を呼び出そうとした。が、電話より、と思い直し、ロッカーへと向かうとここに着てきたスーツを取り出し、身につけた。

扉を開け、外を見る。橘がいたりして、と身構えていたのだが、先ほどの『先輩命令』が無事にきいたようで、彼の姿は見えなかった。

よし、と頷き、こっそり部屋を出る。運のいいことに、担当の看護師とも、先ほど怒られた師長とも顔を合わせずにすみ、他の見舞客が帰るのと一緒にエレベーターホールへと向かうことができた。

エレベーターで一階に降り、そのままタクシー乗り場へと向かう。

桐生の滞在場所はおそらくホテルのままだろう。確かめればいいものを、なぜか僕は桐生に電話することを躊躇ってしまっていた。

突然行って驚かせよう、などという子供じみた悪戯《いたずら》心からではないことは確かだ。彼が怒っているのでは、と案じているわけでもない。

なんとなく——そう、なんとなく、かけづらい。顔を見て、話したい。電話だと意思の疎通が図れず、後悔することになりかねないと、無意識のうちに思っていたのかもしれない。

病院を出た桐生がホテルに真っ直ぐ戻るという保証はない。戻っていない可能性のほうが大きいような気もするのだが、それでも僕は事前に連絡を入れることなく、東京駅近くの外資系ホテルを目指すべく、タクシーに乗り込んだ。

ずっと待っていた、と殊勝なところを見せたいわけではない。いや、そんなことを思いつくあたり、それを狙っていたのかもしれない。

まずは桐生に謝ろう。そして言い訳がましいことになりそうだけれど、事情を説明させてもらう。なぜ、いきなり橘が『強姦魔』などと言い出したのか。

しかし説明するとなると、自分が今置かれている立場も——退職勧告されているということも話さざるを得なくなるな、と考えていた僕の口から堪えきれない溜め息が漏れていた。

この溜め息は『参った』という気持ちからというよりは、どちらかというと安堵の溜め息に近い、と気づき、自己嫌悪に陥る。

結局僕は、『仕方ない』と理由付けをし、桐生に相談を持ちかけようとしているんじゃないのか。一人では何も決められない。桐生が決めてくれたことに従おうとしているのでは。

「……それじゃあ、駄目なんだよ……」

ぽろり、と言葉が口を衝いて出る。

「お客さん？」

それを運転手に聞き咎《とが》められ、慌てて「なんでもないです」と作り笑顔を向けた。

と、そのとき携帯が着信に震え、誰だ？　とディスプレイを見た僕の口から、またも溜め息が——今日最大といっていい深い溜め息が漏れた。というのもかけてきたのが橘だとわかったためだ。

やはり彼はまだ病院にいたのだろうか。病室に僕がいないことに気づき、かけてきたのか。応対に出ると面倒なことになりそうだったので、出ずに済ませることにした。

画面が留守電に切り替わるのを見ていた僕の頭に閃《ひらめ》くものがあった。

「……あ……」

橘が岸本のもとから僕を救い出すことができたのは、携帯のGPSを辿《たど》ったからだと言っていた。ということは、と僕はスマホの電源を切り、やれやれ、と息を吐いた。

音信不通になったことでますます彼が騒ぐ可能性もある。が、今は邪魔しないでいてもらいたい。

病室に戻れというのならあとでちゃんと戻るから、と心の中で呟いたあたりで、僕の乗ったタクシーはホテルの車寄せに到着した。

料金を支払い、傅《かしず》く勢いのドアマンに会釈しつつ、『勝手知ったる』とばかりにエレベーターに乗り込みフロント階を目指す。

そこから客室へと向かうエレベーターに乗り換え、桐生の宿泊している部屋を目指した。

部屋に到着し、チャイムを鳴らす。まるで違う人が出てきたらどうしよう、という心配が心に芽生えたのは、チャイムを押したあとだった。

室内には誰かがいる気配がする。桐生だよな。次第に人の気配がドアに近づいてくるのを感じながら僕は、ドアが開いたらまず、何を言おうかと考えていた。

扉が開き、その向こうに予想どおりの――そして会いたくてたまらなかった相手の姿を認めた途端、僕は思わず大きな声でその名を呼んでいた。

「桐生！」

「どうした？　もう退院してきたのか？」

戸惑った様子で問いかけながらも桐生が大きく開いてくれたドアから僕は室内に飛び込むと、彼の胸に縋った。

「いろいろごめん……！　ちゃんと説明したくて……っ」

「説明？」

訝《いぶか》しげに眉を顰めた桐生の、眉間の皺が深まるのを見たくなくて僕は桐生に尚も縋りキスをねだった。

「…………」

桐生は一瞬、何かを言いかけた。が、すぐに、ふっと笑うと、僕の頬へと手をやり、望み通り唇を落としてきてくれた。

「ん……っ」

唇同士が触れ、彼の唇の温《ぬく》もりとその柔らかさに一気に欲情に火が付く。堪らず桐生の背に両腕を回すと桐生は唇を合わせたまま目を細めて微笑み、彼もまた僕の背に腕を回し強く抱き締めてくれた。

優しいキスはあっという間に獰猛《どうもう》さを増し、桐生の舌が僕の口内で暴れ出す。きつく舌を吸い上げられた直後に口内を舐《ねぶ》られ、早くも僕は立っていられなくなって桐生の胸に身体を預けた。

気づいたらしい桐生はまた目を細めて笑うと、一旦キスを中断しその場で僕を抱き上げた。

「わ」

何度やられてもやはり、この高さには慣れることができない、と桐生にしがみつく。

「奥様は相変わらず、恐がりだな」

桐生は、既に『定番』になったといってもいい呼び名『奥様』を口にし、少し意地悪く笑って僕を見た。

「怖いよ。桐生もやってみるといい」

説明しないと、とか、まずは謝らないと、と思っていたはずなのに、桐生との逢瀬がかない、僕は相当浮かれてしまっていたようだ。軽口を叩く余裕がある自分が信じられない、と言ったあとに気づき、バツの悪い思いに陥っていた僕の心理など桐生は手に取るようにわかるのか、苦笑してみせてから、僕の『軽口』に乗ってくれた。

「誰に抱き上げてもらえばいいんだ？　お前か？」

「……やってみてもいいけど」

本当に桐生は優しい――感謝の思いが涙と共に込み上げてきたけれど、今求められているのは礼より軽口だとわかったため、僕は敢《あ》えてそう返し、桐生を見た。

「面白い。やってもらおうじゃないか」

笑いながら桐生は僕のこめかみにキスをすると、言葉とは裏腹に僕を抱いたまま真っ直ぐにベッドへと向かっていった。

そっとシーツの上に落とされたところに、すぐさま桐生が覆い被さってくる。

「試してみなくていいの？」

「馬鹿」

続けようとした軽口は、桐生のキスで喉の奥へと飲み込まれていった。

「ん……っ」

桐生の手がせわしなく動き、僕から服を剝ぎ取っていく。脳裏に一瞬、大麻で朦朧としていたときに感じた『手』が過《よ》ぎりかけたが、今思い出すことじゃない、と気力でそれを頭の中に押し戻し、桐生の背を抱き寄せた。

「待ってろ」

桐生は微笑んだが、彼の目には優しげな光があった。やはり彼にはすべて、見抜かれているのかもしれない。そんなことを考えていた僕の前で、桐生が自身の指をゆっくりとしゃぶってみせる。

「……ぁ……」

セクシーとしかいいようのないその仕草、その表情に、どき、と鼓動が高鳴り、頬に血が上ってくる。

「…………」

欲情が瞳に表れてしまったのか、桐生は僕の目を見つめ、またもふっと笑うと、唾液で濡《ぬ》らした指を後ろへと向かわせた。

「んん……っ」

つぷ、と指先がそこへと挿入される。びく、と身体が震えたと同時に、奥底が更なる挿入をねだるかのようにざわついたのがわかった。

恥ずかしい——自分の身体の反応に赤面しつつも、羞恥がより欲情を煽っていくのを抑えることができない。

「きりゅ……っ」

思わず名を呼び、桐生を見上げる。

「…………」

わかっている、というように桐生は微笑むと、ぐっと指を奥へと挿入させてきた。

「やぁ……っ」

桐生が僕の望みどおり、挿入した指で中をぐるりとかき回す。早くも前立腺を探り当て、そこを集中的に弄《いじ》られることで、堪らず声を漏らし、背を仰《の》け反《ぞ》らせた僕は、視線を感じ桐生を見やった。

「やだ……っ」

桐生は僕をじっと見下ろしながら、淡々と指を動かしている。僕と目が合うと彼はにっと笑い、もう片方の手を前へと伸ばしてきた。

「や……っ……きりゅ……っ」

勃《た》ちかけた雄を握り込まれ、先端のくびれた部分を親指と人差し指の腹で擦《こす》り上げられる。残りの指で竿《さお》を刺激され、雄はあっという間に勃ち上がっていった。

前を、後ろを間断なく責められ続けるうちに、全身が火照《ほて》り、肌から汗が噴き出してくる。

「きりゅ……っ……や……っ……もう……っ」

腰が捩《よじ》れてしまいそうになるのを、シーツを握り締め、堪えながら見上げる先に、桐生の黒い瞳があった。

じっと僕が乱れるさまを見下ろす彼の視線を感じるだけで昂《たか》まりが増した。さえざえとした桐生の目の美しさに、背徳感が煽られる。

ほしい。あなたがほしい。望みのままを口にしたいが、そこまで羞恥を手放すことができ

ず、目で訴えかける。

わかっているだろうに桐生は微笑むだけで、手を動かし続けている。尚も奥を抉《えぐ》り、竿を扱《しご》き上げてくる彼の『意地悪』が呼び起こす快感に身悶《みもだ》え、押し寄せてくる快楽の波に溺《おぼ》れ込みそうになっていた。

「もう……っ……やだ……っ……ちが……っ……ちがう……っ」

欲しいのは指じゃない。桐生自身だ。その体温を抱き合うことで感じたい。共に快感をむさぼりたい。逞《たくま》しい雄で僕を満たしてほしい。激しい突き上げで共に高みを目指してほしいのだ。

お願いだから、と求める気持ちのままに両手を広げ、桐生に向かって伸ばす。

「……まったく……」

と、桐生が目を伏せ、苦笑したかと思うと、前と後ろ、両方からすっと手を外した。

「や……っ」

後ろが桐生の指を惜しんで激しく蠢《うごめ》くのを、身を竦ませることで堪えていた僕の両脚に桐生の手が伸び、開かされた状態のまま持ち上げられた。

「あ……っ」

露《あら》わにされたそこに、いつの間に取り出したのか、勃ちきった雄の先端を押し当てられ、待ち望んでいたその感触に堪らず声を漏らす。

「挿《い》れるぞ」

桐生がそう声をかけ、ズッと腰を進めてくる。

「あぁ……っ」

めり込むようにして先端が挿入されてくるのに、大きく背が仰け反り、唇からは高い声が漏れていた。

奥まで突いてほしい。今すぐに。願望が身体を動かし、両手両脚で桐生の背にしがみつく。桐生はまたも苦笑するようにして笑うと、僕の両脚を解《ほど》かせたあとに抱え上げ、一気に腰を進めてくれた。

内臓がせり上がるほどに奥深いところに桐生の雄を感じた、その直後に激しい突き上げが始まり、快楽の極みへと一気に引き上げられていった。

「あっ……あぁ……っ……あっあっあーっ」

桐生が腰をぶつけてくるたびに、二人の下肢の間で空気を孕《はら》んだ、パンパンという高い音が間断なく響き渡る。

今や僕の身体は灼熱《しゃくねつ》の炎に焼かれ、脳は沸騰しそうに熱く、吐く息さえも火傷《やけど》しそうなほどの熱を放っていた。

どこもかしこも熱い。中でも一番熱いのは桐生と繋《つな》がっている部分で、彼が抜き差しするたびに生じる摩擦熱が全身へと広がり、何がなんだかわからないような状態に陥ってしまう。

「きりゅ……っ……あぁ……っ……きりゅう……っ……きりゅう……っ」

ようすぎて怖い。このままだと自分がもう、どうなってしまうかわからない。不意に芽生えた恐怖心から、僕は無意識のうちに桐生に救いを求めてしまっていた。

よく考えれば、矛盾している。恐怖を与えている桐生に救いの手を求めているのだから。

だがそんな矛盾に気づく余裕などあるはずがなく、快感が出口を求め身体中を駆け巡る中、僕はただただ桐生の名を呼び続けた。

「どうした」

腰の律動はそのままに、桐生がそう言い、僕に向かって身体を落としてくる。

「やぁ……っ……あっ……ああ……っ」

より接合が深くなり、更なる快感の扉が開く気配がする。

怖い。たまらなく怖い。甘美な恐怖に神経が痺《しび》れてしまいそうになる中、やはり恐怖心を捨て去ることができず、僕は再度桐生の名を呼んだ。

「きりゅう……っ」

「……仕方がない奥様だ」

頭の上で桐生の少し呆れた声がした直後、僕の左脚を抱えていた桐生の右手が脚を離し、二人の間で張り詰めていた僕の雄を握ったかと思うと一気に扱き上げてくれた。

「アーッ」

昂まりに昂まりまくったところへの直接的な刺激には耐えられるわけもなく、僕はすぐさま達し、白濁した液を彼の手の中に放ってしまった。

「……っ」

射精を受け、後ろが壊れてしまったかのように激しく収縮し桐生の雄を締め上げる。それで彼も達したらしく、低く声を漏らすと僕の上で少し、伸び上がるような姿勢となった。

ああ、セクシーだ。

彼の喉のラインを見上げる僕の喉がごくりと鳴る。

「なんだ、またしたいのか？」

耳ざとくそれを聞きつけた桐生が僕を見下ろし、にや、と笑った。

「ちょ、ちょっと休ませてくれよ」

そのまま片脚を抱え上げられ、まさか抜かずの、か？　と焦って彼を見上げる。

「その気にさせたのは奥様だろ」

桐生は涼しい顔でそう言うと、ぐっと腰を前へと突き出してきた。

「え……っ」

達したはずの彼の雄が既に硬さを取り戻しつつあることを察し、心底驚いたせいで思わず声を漏らしてしまった。

「驚くなよ」

桐生はぷっと噴き出しながらも、ゆるゆると腰を動かし続ける。

「まだ、息だって……っ……」

整ってないのに、とクレームを言おうとした僕の口から、堪えきれない声が漏れてしまったのは、桐生の雄が中を抉る、その感触に退きかけた快楽の波が再び押し寄せてきたためだった。

「や……っ……あ……っ……」

収まりかけた鼓動がまたも早鐘のように打ち、汗で冷えた肌に熱が戻ってくる。

「奥様もその気になったようで何よりだ」

どこまでもふざける桐生は、だが、僕が彼の揶揄《やゆ》になどかまっていられるような状態ではないと察したらしい。

苦笑めいた笑みを漏らすと、抱えていた僕の片脚を更に高く上げさせ、既に勃ち上がっている雄を、ぐっと奥へと突き立ててきた。

「あっ……あぁっ……あっあっあっ」

さっきより更に奥を抉られ、あっという間に絶頂への階段を駆け上らされる。

「もう……っ……ああ……っ……もう……っ」

「奥様の口癖は『もう』だな」

桐生の笑いを含んだ声が遠いところで響いていたが、意味を解することはできなかった。

「あっ……あぁっ……あっあっあっ」

自身の喘《あえ》ぐ声がどれだけ喧《やかま》しく、切羽詰まっているかも気づけないほどに昂まっていた僕の頭にもう、誰の姿も、なんのわだかまりも浮かぶことはなかった。

ただただ、愛する桐生と二人だけの時間を、行為を共にしている。至福の時を過ごしている。誰にも邪魔されることのない時間を、空間を、共有していることへの喜びに、叫び出したいほどの幸福感を抱いていた僕の頭の中で極彩色の花火が何発も上がり、やがて眩《まぶ》しすぎる閃光《せんこう》で閉じた瞼《まぶた》の裏が真っ白になっていく。

「あぁ……っ……きりゅう……っ……きりゅう……っ」

またも彼の名を呼んでしまっていることも自覚できないまま、僕は桐生の与えてくれる快感にただただ身を委《ゆだ》ね、ついには失神してしまうまで、声高く喘ぎ続けてしまったのだった。

「ん……」

額に冷たさを感じ、目を開く。

「あ……」

「大丈夫か？」

僕はいつの間にか気を失ってしまっていたようだ。額に感じたのは桐生が乗せてくれた冷たい水で絞ったタオルだった。

「……えっと……」

目覚めたばかりで頭がぼんやりし、思考がなかなか働かない。が、桐生に、

「病院は？　戻らなくていいのか？」

と問われ、ようやく僕は今、自分の置かれている状況を——桐生に何を話すべきか、どう対応せねばならないかを思い出した。

「桐生、ごめん！」

寝てなどいられない、と飛び起きた僕を見て、桐生が珍しく目を丸くする。

「どうした、突然」

「ごめん。いろいろその……ごめん……っ」

「謝る必要はないだろ？」

何も、と笑う桐生の胸に僕は縋った。

「なんだ、どうした」

桐生が僕の背をとんとんと叩いてくれながら、耳許で囁いてくる。

「……ごめん……っ」

「だから何を謝る？　ああ、あの生意気な坊やのことか？」

「……っ」

桐生の口から橘に関することが出され、僕ははっとして身体を離し、彼を見た。

「お前にメロメロだよな」

「そんなことないよ」

それはない、と首を横に振った僕に、桐生が苦笑まじりに言葉を続ける。

「人のことを『強姦魔』呼ばわりするくらいだ。父親の力でも借りて俺のことを調べたのか？」

「……それは……」

父親絡みではなく、別ルートだ、と、そのことも詫びたいと思い、居住まいを正すと僕は
桐生に対し頭を下げた。

「ごめん。なんだかいろいろあって……」

「いろいろ？」

桐生の眉間の縦皺が深まる。ちゃんと謝らないと、と僕は彼に明かさねばならないことを一つ一つ話し始めた。

「橘君……あの、桐生に食ってかかった彼、橘君っていうんだけど、彼が桐生にその……『強姦魔』と言ったのは、見舞いに来た上司との話を立ち聞きしたからなんだ」

「どんな話だ？」

桐生が僕の目を見つめながら、穏やかな声で問うてくる。

彼の顔には笑みがあり、僕が話をしやすいよう、心がけてくれているのがよくわかった。

ごめん、と心の中で再度詫びたあと、僕は事情を説明するべく話を再開した。

「……実は、その上司に言われたんだ。僕がトラブルに巻き込まれすぎるって」

「なんだと？」

桐生の眉間の縦皺が一気に深まる。まずい、と思ったが、時既に遅し、気分を害したらしい桐生が僕の上腕を摑み、顔を覗《のぞ》き込んできた。

「本当にそんなことを言われたのか？」

厳しい双眸《そうぼう》が僕を真っ直ぐに見据えている。一つの誤魔化しも見逃すものかという意思を感じさせるその目を前にしては、当たり障りのないように、などという配慮ができるはずもなく、問われるがままに話してしまった。

「……名古屋のこともあったし、それに、今回、僕を監禁しようとしたのが前に本社の人事にいた人で、僕と桐生のことを知っていて、なんというか、それをネタにその……僕を抱くことで口を封じようとして……」

「…………なんてことだ」

桐生の口から、沈痛としか表現し得ない響きの声が漏れる。

「あ……」

罪悪感を抱いているとしか思えない彼の顔を前にし、僕は慌てて、違うのだ、と状況を説明しようとした。

「違うよ、桐生が責任を感じることなんてまったくない。僕が悪いんだ。確かに僕は名古屋で事件に巻き込まれていたし」

「そもそもお前が名古屋に飛ばされたのは俺のせいだったじゃないか」

桐生の眉間の縦皺は少しも緩まらない。それどころかますます深く刻まれ、僕が何を言うより前に謝罪を始めてしまった。

「本当に申し訳ない。俺のせいだ。お前がそんな屈辱的な目に遭うのは……」

「別に屈辱なんて感じていないよ。会社を辞めろと言われたわけじゃないし、辞めないといえば辞めさせることはできないだろうし」

『辞めない』という選択が可能かは別にして。だがそれは告げず、僕は桐生の罪悪感を払《ふっ》拭《しょく》したくて逆に彼の腕を摑み訴えかけた。

「桐生が気にすることはないんだ。辞めるか辞めないかは僕が決めることで、桐生は何も気にすることはないんだ」

「……しかし……」

「本当に、気にする必要は……」

ないんだ、と僕は桐生の言葉を遮ろうとした。が、彼の言葉は止まらなかった。

「責任は俺にある。俺に責任を取らせてくれ」

「……え？」

責任を取る？　意味がわからず問い返した僕の両肩を摑み、桐生が力強い声で言葉を続ける。

「……そんな屈辱的な扱いを受ける会社はすぐに辞めるといい。再就職先についての心配はいらない。お前の将来については俺が責任を持つ。本当に申し訳なかった」

「違うよ、桐生。本当に桐生は悪くないんだ。なんていうか……タイミングが悪かったんだと思う。重なるときには重なったというか、それだけだよ」

「………申し訳ない」

何を言っても桐生は謝罪の言葉しか口にしない。違うのだ。本当に桐生には気にするべきことなど何もないのだ。だがそれを伝える術を持たない自分を情けなく思うあまり、今は彼と物理的な距離を取るしかないと考えざるを得なくなった。

「……本当に気にしなくていいから……病院から抜け出したのがバレるとマズいから、ひとまず戻るね」

彼の腕をすり抜け、ベッドを降りようとする。と、桐生は僕をきつく抱き締め、尚も謝罪を繰り返した。

「悪かった。本当に」

「だから、桐生のせいじゃないよ」

気にしないでほしい。心からそう思っているというのに、桐生の罪悪感は払拭される気配がなかった。

ともかく、お互い少し考える時間を取ろう。それで僕は桐生の背を抱き締め返したあと、

「ごめん、本当に戻るね」

と告げ、身体を離した。

「シャワーは？」

「病院で浴びるから大丈夫」

桐生は僕を引き留めようとしていた。可能ならこのまま部屋に留め置きたいと願っていることはわかったが、それでは彼の心は安まらないとわかってもいたので僕は敢えて気づかぬ

ふりをし、部屋をあとにすることにした。

「それじゃ、また来るから」

服を身につけ、部屋を出ようとしたとき、桐生は僕を抱き締め耳許に熱く囁いてきた。

「退院したら必ず、俺のところに来てほしい」

「……うん。わかった。絶対、ここに来る」

約束する、と僕も桐生の背を抱き締め返したあと、彼の目を見つめ自分の気持ちを告げたのだった。

「本当に桐生が責任を感じるようなことはまったくないんだ。今後については考えて決めたいと思っている。どんな選択をしようが、一番最初に桐生に伝えるから」

「…………わかった……」

頷いてくれたものの、桐生が僕に対して不満を抱いていることはよくわかった。

彼は即答を求めていたんだろうと思う。『会社を辞めて桐生についていく』という僕の言葉を。

わかっていながらにしてそう告げなかったのは、そこまで彼に甘えていいとは到底思えなかったためだった。

少しも対等ではなくなってしまう。それは僕がいやだった。それで僕は桐生の気持ちに気づかないふりをし続け、ホテルをあとにすることにしたのだった。

部屋を出る直前まで、桐生は僕を引き留めようとしていた。

「また、来るから」

そう言い、外に出ようとしたが、ドアノブに手をかけるとまた、背後から桐生に抱き締められてしまう。

「桐生……」

「……お前はいいのか？　つらくないのか？」

桐生は僕の心境を、これでもかというほど気にしてくれているようだった。

「……うん。つらくはない……かな？」

語尾が疑問形になってしまったのは、実際のところどうなんだろう、と考えてしまったためだ。

つらい、というのは少し違う気がした。強いて言えば『参ったな』くらいだったのだが、それを桐生に伝えようとしてもなかなかうまくいかなかった。

「何かあればすぐに携帯を鳴らしてくれ」

いよいよ部屋を出るとき、桐生はそう言い、またも僕を抱き締めてきた。

「うん。必ずかける」

約束をし、ドアの外に出てエレベーターへと向かう。

「………」

病院まで送る、と桐生は散々言ってくれたが、僕はそれを断り倒した。

病室ではおそらく、橘が僕を待ち受けている。そこに桐生を連れていくと面倒なことになるのは目に見えていた。

だから——というよりは、どちらかというと僕は、冷静さを取り戻したいと願っていて、それで一人になりたかったのだった。

桐生に今自分が置かれている状況を説明したのは失敗だった。彼があそこまで気にするとは予想していなかった。

いや——気にしてほしいと無意識のうちに願っていたのかもしれない。

それでも実際、桐生が罪悪感を抱いている姿を目の当たりにすると、胸がこれでもかというほど痛んだ。

だから。だからこそ、桐生が一ミリも罪悪感を抱かずにいられずにすむような選択をせねば、と思わずにはいられなくなった。

その『選択』について、落ち着いて考えたい。後悔のないように。それで僕は一人病院に帰ることにしたのだが、タクシーに乗り込んだあとには、『ないように』と望んだはずの後悔の念が胸に押し寄せてきた。

あの場で桐生に『望みのままに』と言うべきだったのではないか。気持ちとしてはそのとおりだ。でも、選択は自分でしたい。

それが桐生に相応《ふさわ》しい男の条件だと思うから。

その『条件』とは桐生に対し、常に堂々と胸を張っていられる状態である、ということなのだが、今の僕にはそのスキルがないのだった。

タクシーに乗り込み、病院の名を告げる。あの病院は以前桐生が盲腸で入院していたのと同じところだ。懐かしいよね、などと当時の思い出話の一つも出そうなものなのに、そんな話題を出す余裕がないことが情けないというか切なかった。

十分もしないうちに病院には到着し、またも僕は人目を気にしながら、自分の病室へと戻った。

おそらく、橘がいるのではないかという僕の予感は当たり、病室のドアを開いた途端、窓側の椅子に座っていた橘が弾《はじ》ける勢いで立ち上がり、僕に向かってきた。

「長瀬さん、どこに行ってたんです？　携帯の電源を切るなんて酷いじゃないですか」

「……橘君こそ、会社に行ったんじゃないのか」

僕の言葉に橘は非常にバツの悪そうな顔になると、ぼそぼそと聞こえないような声で言葉を続けた。

「やっぱり、心配だったので……」

「心配ないとあれだけ言っただろう？」

いい加減、しつこいぞという気持ちが声に表れてしまったらしく、橘がおずおずと顔を上げ僕を見る。

「すみませんでした。でも……心配なんです」

「何が心配なんだ？」

『心配してもらう必要はない』と言うためにも、その『心配』の内容を彼に言わせよう。おそらく橘は、『長瀬さんが自殺をするのでは』的なことを言うに違いないから、そんなことは絶対しないから安心して帰ってくれ、と言おう。

頭の中で僕はこれからの会話をシミュレーションしていたのだが、橘が口にしたのはあまりに予想外の言葉だった。

「あなたが桐生のところに行って、もうここには戻って来ないんじゃないかと、それが心配で……」

「………戻って、来ただろう？」

いつの間にか彼の『心配』の種が桐生に移っていたことに愕然《がくぜん》としたあまり、考えるより先に言葉が零れてしまったのだが、それを聞いた橘の顔色が変わった。

「やっぱり、桐生のところに行っていたんですね」

また彼は『あなたは騙《だま》されている』だの『カウンセリングを受けてほしい』だの言い出すに違いない。いくら『そんなことはない』と言おうが聞く耳を持ってもらえなかったことを思い出し、僕は先回りをして彼の言葉を封じようとした。

「君には口出しをしてほしくない。僕もいい大人だし、それに言い方は悪いが、君には関係ないことだ」

『関係ない』はちょっとキツいかなと思ったが、そのくらい言わないとまた会話がループに陥ってしまうだろう。それを避けるためにも、と、我ながら厳しい言葉を告げた僕に対する橘のリアクションは、またも予想を超えるものとなった。

「関係は……あります」

「え？」

どういう、と問おうとした僕の言葉に被せ、橘の上擦った声が響いた。

「好きなんです……っ」

「……え……」

思い詰めた橘の瞳を前に僕は、声を失ってしまっていた。

「やっと気づきました。なぜ、こうも長瀬さんのことが気になるのか。あなたの傍にいたいと思うのか……僕はあなたが好きなんです」

「…………ええと……」

マズい。最初に頭に浮かんだ言葉はそれだった。

『気持ちは嬉しいが僕には付き合っている人がいる』

すぐさまそう言い、好意を退けたいが、その『付き合っている人』を全否定している彼には通用しないだろう。

それに『気持ちは嬉しい』という、いわば常套句《じょうとうく》を本気にとられる可能性は高い。

「……あ……すみません」

なんと答えようかと迷っているうちに、橘が我に返った顔になったかと思うと、あわあわしながら喋り出していた。

「なんだか一方的に……でも、本心です。でも別に、付き合いたいとか、そういうことをしたいとか、そういうんじゃないんで……っ」

どうやら橘にとって、今の告白は、意図して行ったものではなく、突発的に口から出てしまったものだったようで、動揺しながら彼は、

「それじゃ、また明日来ます……っ」

という言葉を残し、病室を出ていった。

「…………………」

一人残された僕は暫《しば》し呆然としてしまっていたのだが、やがて我に返ると、やれやれ、と溜め息を漏らし、そのままベッドに座り込んだ。

橘は僕のことを好きだという。大阪出張中、心を開いてくれつつあったことは感じていたが、そこには恋愛感情などなかったのではないだろうか。

僕が彼を桐生と取り違えたりしなければ、と思う僕の口からまた溜め息が漏れた。

一人にはなれたが、悩みは増えた。会社を辞めるか辞めないか。辞めて再就職先を捜すというのが一番いいだろうか。

会社を辞めればもう、橘と顔を合わせることもなくなるだろう。橘にとってもそれが一番いいのでは――。

「……逃げだな」

どう考えても、と溜め息を漏らしながら僕はどさ、とベッドに横たわった。

会社を辞める理由付けの一つに橘を加えようとしている。橘に対しても失礼だ、と反省し、心の中で彼に詫びた僕の耳に、橘の告白が蘇る。

『僕はあなたが好きなんです』

そう言いながらも橘は、僕と付き合うとか、そうした行為をしたいというわけではないとも説明していた。

もしかして恋愛感情ではないということだろうか。人として『好き』とか？　そもそも彼はゲイではない。自分でもそう言っていた。

友達になりたいとか、そういうことじゃないのか。僕に桐生という男の恋人がいるため、自分の気持ちを『好き』と取り違えている――とか？

「……逃避だよ、これじゃ……」

橘の、自分に対する感情を、あくまでも僕にとって都合のいいように解釈する。これもまた現実逃避だ、と自己嫌悪に陥りながらごろりと寝返りを打ち、天井を見上げる。

橘のことは一旦おかせてもらって、まずは自分の今後について、決断をくだそう。

会社を辞めるか。辞めないか。

皆が辞めることを勧める。上司の大河内しかり。桐生しかり。大河内は『勧める』どころかほぼ退職勧告をしにきたと言ってもよかった。

彼自身がどう思っているかはわからないが、少なくとも人事は——会社は、僕に辞めてもらいたがっている。それは間違いない。

会社の言い分に納得はしていない。だが、こうも頻繁に警察沙汰になるような事件に巻き込まれる人間を疎んじる気持ちはわからないでもない。

だから辞める——か？

「…………」

やはり納得はできない。自然と僕の首は横に振られていた。

思考をまとめるために起き上がり、改めて自分の気持ちを考える。

何か自分が、会社を辞めなければならないような過ちを犯してしまった、というのなら、退職勧告を大人しく受け入れもする。だが、僕は何もしていない。もう少し考えて行動していれば、危機的状況には陥らなかったはずだと言われれば、そのとおり、と頭を下げざるを得ないが、だがそれは果たして退職の理由にされるほどのことだろうか。

まだ僕は、この会社で自分に誇れるような成果を残せていない。なのに辞めてしまっていいのか。いいわけがない。納得できない、と退職勧告を突き返す。それが僕の希望であり、選ぶべき道なんじゃないか。

自分の気持ちは胸の中でほぼ固まった。よし、と頷いた僕の耳に、大河内の声が蘇る。

『恩着せがましいことを言うようだが、実際、君自身も、こんな状態では今後会社に居づらいだろう』

確かに、岸本が逮捕され、会社を懲戒解雇されたことは話題になっているだろう。僕が彼に何をされたかも、噂《うわさ》になっているかもしれない。

その上、会社の勧告に従わず、残留を決めた僕を、会社は守ろうとは絶対しないだろう。これを機に、過去のトラブルについてもまた人の口に上るようなことがあるかもしれない。なかなかに針のむしろ状態となる可能性もある。『ある』どころかかなり高いのではないか。

それに僕は耐えられるか？

加えて――橘。僕のことが好きだという橘と、この先もずっと顔を合わせていくとなると、頭の痛いことも出てくるだろう。

橘とのことがまた『トラブル』の一つと捉えられ、ますます風当たりはきつくなるかもしれない。それでも勤め続けていくという決断は鈍らないか？

辞めてしまえば――僕にとっては薔薇《ばら》色の未来が開けている。

望まれてもいない環境で仕事をしなくてもよくなる。再就職先を桐生に任せれば、それこそなんの心配もなくなるのではないか。

かつて桐生には、自分の下で働かないかと誘われたことがあった。今回も、もし彼がそれを考えているとすれば、夜も昼も桐生と共に過ごすことができるのだ。

名古屋に行っていた期間は短かったが、離れて暮らすつらさは充分過ぎるほどに味わった。いっそのこと、彼に全てを委ねるという選択をしてしまったら？　桐生の手を借りたからといって、彼に相応しいパートナーにはなれなくなる、というわけでもないだろう。

転職した先で、頑張ればいいだけでは——？

「……駄目だろう、やっぱり、それじゃ……」

誘惑に負けては駄目だ。たとえその『誘惑』が、桐生自身の望むものであっても、甘えてしまったら僕は一生、楽な道を選んでしまうようになるに違いない。

そんな僕に桐生は魅力を感じてくれるだろうか。寄生虫のようだ、コバンザメのようだといつか、疎んじるようになるんじゃないか。

僕ならきっと、そう感じるようになると思うから。

やはり、易《やす》きに流れることはやめよう。自分が本当に何をしたいか、どの道を選ぶべきか、将来を見据えた形でしっかり考えよう。

よし、と一人頷く僕の脳裏に、愛しくてたまらない桐生の顔が浮かぶ。

彼にも納得してもらえるような選択をしてみせる。だから見守っていてほしいと幻の彼に呼びかけると、『仕方がないな』というように桐生が笑った気がした。

その笑みを実際この目にできるよう、頑張ろう。すべての問題から目を背けず、正面切って向かい合い、一つ一つ解決していくのだ。

まずは会社。そして橘。明日、退院したらその足で会社へと向かい、大河内と話をしよう。今日、一方的に伝えられるだけだった会社からの要求について、覆す余地はないのかを聞いてみるのだ。

そして橘。彼にはちゃんと僕の話を聞いてもらおう。説得を諦めることなく、僕の話に耳を傾けてもらうのだ。

明日は気力が随分といる日になりそうだ。頑張るぞ、と拳を握り締めた僕の頭の中では、幻の桐生が、頑張れ、というように微笑んでくれていた。

5

翌朝、検温に訪れた看護師が、支払いはすんでいるので朝食後、医師の診断後であればいつ退院してくれてもかまわないと告げ、僕を驚かせた。

「誰が支払ってくれたんです？」

会社だろうと予測しつつ問うたのだが、看護師からは「誰かまではわからない」と素っ気ない返事が返ってきた。

昨日、橘が怒らせた看護師だったから愛想がないのか、と思っていたが、原因は他にあったようだ。

「朝一に先生を病室に呼びつけるなんて、さすがですよね」

「え？」

部屋を出しなに彼女がぼそ、と告げた言葉が気になり、どういうことかと問いかけようとしたのだが、呼び止めるより前に部屋を出てしまいかなわなかった。

朝食が終わると本当に医師が病室へとやってきて、検査結果には異常がなかったので通院の必要もない、と診断をくだしてくれた。

「もういつ、退院してくださってもいいですよ」

若い医師は看護師のように怒った様子はなかった。それで僕は彼に、確認を取る勇気を出すことができた。

「あの、先生。もしかしてこうして朝来ていただくのはイレギュラーなことなんですか？」

「え？　ああ、はは。まあ、イレギュラーではありますけど、別に普段もこの時間なら出勤してますし、気にしないでください」

医師はそう笑ったあと、不意に声を潜め、思いもかけない人の名を告げたのだった。

「長瀬さん、橘弁護士とお知り合いなんですね。外科部長が以前、大変お世話になったそうで。どうぞよろしくお伝えください」

「え？」

橘弁護士——橘の父親がなぜ、ここで出てくる？　もしや、支払いも彼がしてくれたというのだろうか。

しかも、朝一番に医師を呼びつけ、いつでも退院できるようにしてくれた。

看護師ではないが『さすが』と言いたくなってしまう。そんな手配をしてくれていたとは、と僕がただただ驚いている間に医師は病室を出ていった。

ぼんやりはしていられない。我に返り、僕は退院するべく仕度を始めた。

まずは寮に戻るつもりだったが、それより前に橘に電話をし、支払いについて確認せねばならない。そして礼を言わなければ、そう思いながら僕は急いで荷物をまとめ、病室を出ようとした。

「え?」

ポケットに入れていた携帯が着信に震える。ディスプレイを見ると見知らぬ番号で、一体誰だ? と思いながら応対に出る。

「はい」

『突然すみません。こちら、長瀬さんの携帯でよろしいですか?』

電話の向こうから聞こえてきたのは、まるで聞き覚えのない中年の男の声だった。

「はい、そうですが……」

一体誰だろう。首を傾《かし》げつつ返事をした僕は、男が名乗ったのを聞き、驚愕のあまり大きな声を上げてしまった。

『橘修平です。いきなりお電話を差し上げてしまい申し訳ない』

「ええっ? 橘君のお父さんですか?」

まさに礼を言わねばと思っていた相手からの突然の電話に、僕はすっかり舞い上がってしまった。

「あ、あの……っ……この度はいろいろとありがとうございます」

『長瀬さん、今、どちらにおいでです? 私、病院のロビーにおるんですが』

なんとか礼を言った僕を、橘父が更に驚かせることを告げる。

「す、すぐ行きます！」

よく考えれば、病室に橘父を呼べばよかったのかも。それを思いついたのがエレベーターに乗ったあとだという情けなさで、一体何をしに来たのだろう、と首を傾げまくりながらも僕は、エレベーターが一階に到着するのを今か今かと焦りながら表示灯を眺めていた。

橘修平の顔は、以前ネットでチェックしていた。厳しそうな表情をした、なかなかのイケメンだったのだが、ロビーを見回したとき、一人だけあきらかに他の人とは違うオーラを放っている長身の彼を見つけ、急いで駆け寄っていった。

「あの、長瀬です」

「あなたが……」

頭を下げた僕を前にし、橘父が何か言いたげな顔になる。

「あの、この度は……」

再度礼を言おうとすると、橘父は立ち上がり、僕の腕を摑んで耳許に顔を寄せてきた。

「すみません、どうやらここにいる何名かに気づかれたようです。近くのコーヒーショップで少しお話してもよろしいでしょうか」

「も、勿論です」

確かにロビーにいる人の数名が、ちらちらと視線を送っていることに僕も気づいたため、すぐに同意し、僕たちは連れ立って病院近所にあるコーヒーショップへと向かった。

「僕が買ってきます」

何がいいですか？　と問うと橘父は申し訳なさそうにしながらも、ホットコーヒーと注文の品を口にした。

僕も同じくコーヒーにし、二人分のコーヒーと水を盆に載せて店内を見回すと、橘父は喫煙スペースにいて、僕に手を振って寄越した。

喫煙者なのかと思ったが、どうやら彼がそちらを選んだのは、禁煙席より人が少なかったからのようだった。

「申し訳ないね」

頭を下げてきた彼の前に「とんでもないです」と恐縮しながらコーヒーを置く。

「検査結果は何事もなかったそうで、本当によかった」

なんと橘父は既に僕の検査結果を知っていた。さすがだなと感心しながらも僕は、

「何から何までお世話になりまして」

と頭を下げたあとに、気になっていたことを尋ねてみた。

「あの、もしやお支払いをしてくださったのは橘さんですか？」

「ああ。利人《りひと》に頼まれていたからね」

さも当たり前のことのように答えた橘父に対し、僕はただただ頭を下げるしかなかった。

「すみません！　でも今回費用は会社が持ってくれるそうですので、その……」
領収証をいただければ、料金はお返しします、と続けようとした僕の目を覗き込むように
し、橘父が話しかけてくる。
「長瀬さん、気を悪くしないでもらいたいのだが」
「……は？」
思い詰めた表情が橘の顔と重なる。よく見るとこの父子は似ているのだな——などと考え
ていた僕は、続く橘父の言葉に仰天し、絶句することとなった。
「あなたは本当に息子と——利人と将来を誓い合っているのでしょうか？」
「な……っ」
予想外、などという言葉では表現し得ないくらいにとんでもない言葉を告げられ、声を失
う僕の表情から、どうやら橘父はそのような事実はないと察してくれたらしい。
「大変失礼しました。私もそんなことはないだろうとは思っていたのですが、なにせ利人が
……」
「た、橘君はなんと……？」
嫌な予感しかしない。そう覚悟しつつ問いかけたが、橘父が告げた言葉は僕の覚悟を軽く
超えていた。
「利人が言うには、その……あなたを生涯、守っていきたいと……自分にとっては運命の人

だ、誰が何を言おうが、一生添い遂げたいのだと。同性婚についての相談も受けてきたんですが……」

「い、いつの間に……」

橘からは昨日『好きだ』とは告白された。だが『運命の人』だの『生涯守っていきたい』だのという台詞《せりふ》は聞いたことがなかった。『同性婚』を相談しているというが、当然ながらプロポーズもされていない。

相手に言うより前に、自分の親に言ったのか。驚く以上に呆れてしまっていた僕の前では、橘父が、それはバツの悪そうな顔で頭を掻《か》いていた。

「いやあ、実は私も、そんなところじゃないかと思ってはいたんですよ。あの子が先走っているんだろうってね。昔から思い込みの激しい子でしたし。でも数年ぶりに利人が私と口をきいてくれたことに、情けないことに私も少々浮かれてしまいましてね。張り切ってやってきたんですが、いやあ、本当にお恥ずかしい」

お詫びします、と深く頭を下げられたことに動揺し、僕は言わなくてもいいようなことを口走ってしまったようだ。

「橘君はなんていうか、多分、今まであまり人と交流してこなかったから、たまたま親しく口を利くようになった僕を、その、なんていうか、好きだと誤解したんじゃないかと思います。恋愛だけじゃなく、人間関係を構築するのに慣れてはいないようなので……っ」

「……長瀬さんもそう、思われましたか」

橘父が顔を上げ、溜め息をつきつつ僕に確認を取ってくる。

「あ、いや、その……」

よく考えると、他人様《ひとさま》の息子に対して随分と立ち入った、その上失礼なことを言ってしまった気がする。

フォローをせねば、と思考を巡らせていた僕の前では、橘父が痛ましいとしかいいようのない表情を浮かべ、溜め息を漏らした。

「あの……」

そういえば先ほど彼は非常に気になることを告げた気がする。

「数年ぶりに口を利いたと仰《おっしゃ》いましたか？」

何かの比喩だろう。そう思い問いかけた僕に、橘父が苦笑まじりに頷いてみせる。

「はい。五年になるか六年になるか――私が世間から『悪徳弁護士』と呼ばれるようになって以来、口を利いてくれなくなってしまったんです。おそらく、同級生に苛《いじ》められでもしたんでしょう。私から話しかけていた時期もあったんですが、無視され続けてきました。それが一昨日、いきなり電話をしてきたかと思うと、自分が大切に思う相手が今、危機的状況に陥っているのではないかと思うので力を貸してほしいと頼まれまして」

「す、すみません」

ご迷惑をおかけして、と頭を下げた僕の肩に手を置き、橘父は顔を上げさせようとした。

「いや、正直、嬉しかったんです。息子に頼られたこともですが、あの子が『大切だ』と思う相手ができたことが嬉しかった。子供の頃から今に至るまで、あの子は恋人はおろか、友人すらできたことがないのではと思っていたので。だからこそ、力になりたいと思い、動いたんですが、やはり息子の一人よがりな思いだったということなんですね」

最後は溜め息を漏らした橘父だったが、僕がフォローを入れようとするより前に、

「いや、別にあなたを責めているわけではないんですよ」

と逆にフォローを入れられてしまった。

「…………」

気遣ってもらったことを申し訳なく思っていた僕に笑顔を向け、橘父が言葉を続ける。

「お役に立ててよかったです。あなたの無事を確認したあと、息子から感謝の言葉をもらうと同時に、あなたのことをいろいろ聞きました。私の仕事について考え直すきっかけを作ってくれもしたと。一体何を言ってくれたんです？」

「いや、そんな……」

橘父が微笑みと共に問うてくる。そんな彼を前にする僕は、今や相当テンパってしまっていた。

「たいしたことは言ってません。弁護士の仕事は依頼人にとって有益であることなんじゃな

いかと言っただけです。橘君はもともと素直な子なので、ちゃんと話せば理解もしてもらえるだろうに、今まではそういう機会がなかったというだけなんじゃないかと思います。優秀ゆえにやっかまれることも多かったでしょうし。この先、相手の気持ちを思いやった発言をするようになれば周囲から理解もされるようになるだろうし、そうなれば彼のよさがより多くの人にわかってもらえるのではないかと思います」

頭に浮かぶがままの言葉を告げてしまっていた僕は、橘父に、

「長瀬さん……」

と名を呼ばれ、はっと我に返った。

「あ、すみません。偉そうにべらべらと……もしご不快に思われたのなら謝ります」

申し訳ありません、と頭を下げた僕の肩に再び橘父の手が乗せられる。

「不快どころか。長瀬さん、あなたが利人の言う『運命の人』であってほしいと、そう思わずにはいられませんよ」

「え」

いきなり何を言いだしたのか、と驚いて顔を上げた僕に、橘父が笑いかけてくる。

「いや、半分は冗談ですが、半分は本音です」

「……ええと……」

同性を『運命の人』とすることに諸手《もろて》を挙げて賛成するというのか。未だ戸惑い続けてい

た僕に向かい、橘父は苦笑めいた笑みを浮かべると、ぽん、と僕の肩を叩き、手を退けた。

「親馬鹿ゆえの妄想だと思っていただいて結構なんですが、今まであの子は、相手に理解してもらいたいと願ったこともなければ、相手のことを理解したいと思ったこともおそらくなかったのではないかと思います。そんなあの子が、あなたに理解してもらえたことを嬉しく思い、あなたに理解されたいと望んでいる。この先、あの子にそんな相手が出てくるだろうかと思うと、少々不安で……」

「いや、それは大丈夫だと思います。これからは友達も恋人も、できていくと思いますよ」

人付き合いとはどういうものかを橘は理解したと思う。となれば彼が周囲の人間と交友関係を持つようになるのは時間の問題だ。

もしも僕が、この先も今の職場にいられるようなら、フォローもしてあげたいし、と思いはしたが、実際、どうなるかはわからない。

クビにはできないけれど、また異動させられる可能性はあるよな、と、いつしか僕は一人の思考の世界に嵌《は》まってしまっていたらしい。

「長瀬さん？」

橘父に呼びかけられ、はっと我に返ったあと僕は、失礼にもほどがある、と反省し頭を下げた。

「申し訳ありません。ぼんやりしてしまって」

「いやいや、たいへんな目に遭われたんです。こちらこそ、そんなときにお時間とらせまして申し訳なかった」

僕の謝罪に謝罪で返してきた橘父は、

「そろそろ行きますか」

と、二人のコーヒーが載る盆を手に立ち上がろうとした。

「おいくらでしたか？」

ああ、そうだ、と、思い出した様子で問うてくる彼に、ここは僕が、と答えようとし、忘れていた、と、はっとなる。

「すみません、病院の支払いですが会社が持ってくれるそうですので、おいくらだったか教えていただけますか？」

できれば領収証か支払い明細があると助かるのだが、と続けようとしたのを、橘父は盆を一旦テーブルに戻すと、笑顔でそれを遮った。

「いや、そこは私に持たせてください。お礼の意味も込めて」

「そんな……お礼をしなければならないのはこちらですから」

彼の言う『お礼』とは、父子の交流が復活したことに対するものだとはわかったが、僕が何をしたというわけではない。好意を受けるわけにはいかない、と自分の意思を伝えようとした僕の前で橘父はにっこりと笑うと、初めて『悪徳弁護士』らしい言葉を口にしたのだった。

「会社が入院費を持つとのことですが、その程度で誤魔化されてはいけませんよ。今回の件をうやむやにされることなく、手厚いケアを要求する権利があなたにはありますから」

「はあ……」

手厚いケアどころか、退職勧告をされているのだが、そのことについては橘は伝えていなかったらしい。

しかし自ら明かすことではないよな、と僕は口を閉ざしていたのだが、表情からかそれとも口調や態度からか、橘父は何かを感じ取ってしまったようだった。

「もし、会社から理不尽な待遇を受けるようなことがあれば、相談してください。お役に立てると思いますよ」

「いや、その……」

なんと答えればいいのやら。自分で解決しますので、と言えば『理不尽な対応』をされていると言っているようなものだし、『そんな事実はありませんから』は、あからさまな嘘《うそ》だ。

しかし、橘父の力を借りるという選択はしたくなかった。

実際、弁護士、橘修平の力をもってすれば、会社の退職勧告など簡単に撥《は》ね返すことができるばかりか、僕にとっては随分と優位な条件となるのは目に見えている。とはいえ、橘の――息子のことで僕に恩義を感じているらしい父親の、その恩義を利用するような真似はしたくなかった。

　僕は何かしてほしいと思い、橘と向き合っていたわけじゃない。会社の、そして僅かではあるが人生の先輩として彼に、人との付き合いや、世間とのかかわりかたを教えてあげたいと思っただけで、そこには少しの下心もなかった。

　これで彼の父に、会社を辞めなくてすむために、と、力を借りてしまえば、橘はどう思うか。やはり『下心』ありきで近づいてきたのかと落胆するのではないか。

　それでまた、人間嫌いになられたら、彼のためにもならない。それで僕は表現を考えつつ、橘父の有難い申し出を自分の気持ちを語ることできっぱりと退けたのだった。

「お気遣いありがとうございます。橘君の信頼を裏切らないためにも、ここはお父さんの力を借りることなく、自分で解決策を見つけたいと思います」

「長瀬さん……」

　僕の言葉を聞き、橘父は少し驚いたような表情となったあと、それは嬉しそうに目を細めて笑い、口を開いた。

「ありがとうございます。今後ともどうぞ、息子をよろしくお願いします」

　またも深く頭を下げてくる父に、僕も頭を下げ返す。

「この度は本当にありがとうございました。おかげで助かりました」

「あなたの危機を救うことができて、本当によかった。こうしてあなたに会うことができたことも嬉しく思っています」

橘父が顔を上げ、すっと右手を差し出してくる。

握手か？　ちょっと畏れ多い気もしたが、出された手を放置するほうが失礼かと思い、僕も手を伸ばしてその手を握った。

「ありがとう、長瀬さん」

「いえ、僕こそ、本当にありがとうございました」

橘父の手は温かかった。今、目の前にいる彼は、世間で言われているような『悪徳弁護士』にはとても見えない。息子思いの優しい父親だった。

「それでは」

そのまま、盆を手に立ち上がろうとする彼に慌てて僕が、

「僕が片づけますから」

とその盆を引き寄せようとしたそのとき、喫煙スペースのドアが勢いよく開いたと同時に中に駆け込んできた男が、大きな声で僕の名を呼んだ。

「長瀬さん！　親父《おやじ》！」

「橘君」

「利人」

驚いて見やった先、橘が顔色を変えて僕ら二人に駆け寄ってくる。

「親父、長瀬さんと何話してた？」

父親に食ってかかる橘を唖然として見ていた僕だが、今、もう九時を回っていることに気づき、厳しく彼を問い質してしまった。

「橘君、会社は？」

「あ……」

途端に橘がバツの悪そうな顔になり、僕を見る。

「……これから行きます。長瀬さん、今日退院するということだったので、様子を見にきたんです」

「ならもう行かないと遅刻だろ？」

フレックス制度が敷かれているとはいえ、一応始業は九時半ということになっているはずだ。厳しく追及したあと、父親の前ですることではなかったか、と今更気づいて僕は、慌てて橘父へと視線を向けた。

「いや、頼もしいです」

橘父はまたも、酷く嬉しそうな顔をしていた。笑顔でそう言うと、

「それでは私はこれで」

と僕に頭を下げたあと、橘には、

「しっかり働けよ」

と頷いてみせ、喫煙スペースを出ていった。

「………」

その後ろ姿を見送っていた僕の耳に、橘の呟くような声が聞こえる。

「……働くよ。ちゃんと」

「……なら、会社に行けよ」

どうやらそれは独り言だったらしく、僕がそう言うと彼は、はっとした顔になった。

「行きます……けど、長瀬さんは？」

僕だってサボっていると言いたいのだろうか。黒縁眼鏡の奥からおどおどとした視線を向けてくる彼に僕は、既に今朝、今日は休むと連絡を入れていると伝えることにした。

「大河内課長から、ゆっくり考えろと言われているし、それに寮に荷物を置きに行きたいし。それで一日、休みをもらったんだ」

「それなら僕も寮に一緒に行きます」

「どうして」

問い返しはしたが、橘がどこか思い詰めた顔でいることも気になったし、それに今なら寮は無人だろうから、彼とゆっくり話をするのにはいい機会か、とも思えたので、橘の同行を許すことにした。

「……あの……父が何を長瀬さんに言ったのかが、気になって……」

俯《うつむ》きながら橘がそう言い、怒られることを覚悟している顔になる。

子供かよ、と笑いそうになったが、ある意味彼は『子供』なんだろう、と気づいた。

人とのかかわりを一切遮断してきた彼は、人間関係を構築するという面ではまだ『幼い』といっていい段階なのかもしれない。

年齢は二十代だが、メンタルは十代の部分を残している。下手したら小学生なみかもしれない。ただ、それだけに素直だ。

話せばきっとわかってもらえるに違いない。確信が僕の胸に溢れてくる。

「わかった。でもちゃんと課長には連絡しろよ？　あと、午後には出社すること」

「はい！」

僕が了承したことがよほど嬉しかったのか、橘は弾んだ声で返事をすると、スマートフォンを取り出し会社にかけ始めた。

「あ、大河内課長、橘です。本日、午後から出社としたいんですが」

勢い込んでそう告げた彼に対し、大河内が何かを——仕事は大丈夫か、的なことを言ったようだ。

「業務に関しては問題ありません……はい、連絡は取れるようにしておきます。何かあったら携帯にお願いします。ないとは思いますが」

「………」

そういう挑発的な言い方をする必要はないと思う、と注意を促したかったが、もしや僕に対する処遇のことで彼は大河内に腹を立てているのかも、と気づいたため、何も言えなくなった。

「それでは失礼します」

電話を切ったあと橘が、これでいいですか？　というように僕を笑顔で振り返る。

「……じゃあ、行こうか」

千葉にある寮までの距離は遠い。よく考えたら往復するだけで午前中は終わってしまうかもしれない。

参ったな、と思っていた僕に橘が朗報を伝えてくれた。

「車で来ました。荷物があると思ったので。今、建物の前に回してくるので待っていてもらえますか？」

「ありがとう」

荷物というほど荷物はなかったが、車の中は密室。話もできる。

よし、と僕は橘を見送ったあと、何をどう話そう、と考えを巡らせた。

橘は、父親が僕に何を言ったのかを知りたいと言っていたが、実際は自分の告白についての僕の返事を聞きたいに違いない。

僕ならきっと、一番それが気になると思うから——会社に対してだけでなく、彼に対しても正面から向かい合い、きちんと答えを返さないといけない。

人間関係というのはこうして構築していくものなんだということを、橘に教えるためにも。

見本、なんておこがましいが、誠心誠意、話し合うことが何を導き出すか、橘にも教えたいし、自分もまた、教わりたい。

父親から『よろしく』と言われたこともあるし。愛情溢れる橘の父の言葉の重さをひしひしと感じつつ僕は、橘が近くの駐車場に停めた車に乗って現れるのを店の外で待ったのだった。

6

車の中で話そうと思ったが、橘《たちばな》の思い詰めた顔を見るにつけ、動揺させるようなことを言うと運転が危うくなるのではとしか思えず、結局僕からは何を言うこともできなかった。

橘も、何かを言いたいのだが、言葉にする勇気はない、といった様子で、二人の間に沈黙は流れていたが、耐えられなくなった橘が音楽を流し始めたので、車内は無音にならずにすんでいた。

いかにも彼らしい、と思ったのだが、流れてきたのはピアノ曲だった。ショパンかな？と思いつつ、確認を取るのも憚《はばか》られ、スピーカーから流れてくるクラシックのピアノ曲に耳を傾ける。

『指が綺麗《きれい》』と誉《ほ》めたことを、ハンドルを握るその手から、ふと、思い出した。

思ったままを告げたつもりだったが、それで橘は誤解してしまったということはないだろうか。

橘の好意を『誤解』として片づけるのは申し訳ないか。ピアノ曲の調べに乗り、さまざまな思考が頭を過《よ》ぎっていく。

期待させたつもりはなかった。だが、結果として橘には好意を持たれてしまった。やっぱり期待させたのか。いや、彼にはきちんと、恋人がいると伝えているはずだ。

その恋人が『桐生《きりゅう》』であり、かつて僕を『強姦《ごうかん》』した相手だと――事実は違うが――いう情報を得て、彼の中で僕を庇護《ひご》せねばという感情が高まってしまったんだろうか。

ともかく。

僕がしなくてはならないのは、橘に対し、桐生は『強姦魔』などではなく、僕の恋人であるということをわからしめることと、大変申し訳ないが橘の好意は受けられないと伝えることだ。

彼を傷つけないように。そして、今後、彼が人間関係を構築していくことへの妨げとならないように。

何せ、父親にも頭を下げられてしまっているのだから――メディアでは見かけたことのある『橘修平《しゅうへい》』。実際顔を合わせた彼は、実に息子思いのいい父親で、とても『悪徳弁護士』という雰囲気ではなかった。

折角再生した父と息子の心の交流を、壊したくはない。そのためにも誠意をもって向かい合わねばなるまい。

どう言えば橘を傷つけずにすむのだろう。橘のリアクションを読むのは難しい。思いもかけない言葉に傷つき、思いもかけない言葉に喜ぶ。

傷つけたくはない。とはいえ、誤解を与えたくはない。

難しいな。漏れそうになる溜《た》め息《いき》を、唇を噛《か》みしめて堪《こら》える。

避けて通るわけにはいかない。誠意を持ってぶつかろう。きっと橘も最後にはわかってくれるだろう。

僕はそう、自分を鼓舞していたが、果たして橘は何を考えているのか。運転席に座る彼の横顔を時々窺《うかが》ったものの、フロントガラスの前をじっと見つめる彼の口が開かれることはなく、ピアノ曲が流れる中、一言も喋《しゃべ》らないうちに車は寮に到着した。

「僕の部屋で話そうか」

建物内に入ったあと、僕は橘を自分の部屋に誘った。

「……はい」

橘は相変わらず思い詰めた表情をしていたが、頷《うなず》き、僕のあとについてきた。またしても二人して無言のまま階段を上り、部屋に到着する。

寮の部屋はベッドと机と椅子、それに小さな冷蔵庫があるくらいなのだが、僕は橘にベッドに座るよう勧めてから、自分も喉が渇いていたので冷蔵庫からミネラルウォーターのペットボトルを二本出し、一本を彼に渡そうとした。

「自分の部屋から持ってきますので」

いいです、と固辞する彼に「いいから」とペットボトルを押しつけ、自分の分のキャップを開ける。

僕が一口飲むと、橘もまた、手の中のペットボトルのキャップを開けごくり、と水を飲んだ。彼の喉が鳴る音が狭い室内に響き渡る。

「あ、あの……っ」

自身の発した音に動揺したのか、橘が焦った様子で口を開いた。

「ち、父は何か、失礼なことを長瀬《ながせ》さんに言ったりしてませんか？」

「そんなことは全然ないよ。いいお父さんだね」

即答した僕に、橘が疑わしげな視線を向けてくる。

「いい父親……と、本当に思いました？」

「思ったよ。父親として君への……なんていうか……愛情をひしひしと感じたよ」

実際、橘修平の息子への愛を僕はこれでもかというほど感じていたのだが、表現のしようが悪かったのか、橘は世辞かまたは揶揄《やゆ》ととってしまったようだった。

「外面がいいんですよ。それか、悪徳弁護士っていう先入観があったから、なんだ、普通の父親じゃないか、と思えたのかも」

「そんなことはない。本当にいいお父さんだと思ったよ」

どうして人の言うことを素直にとらない、と、心持ちむっとしてしまったのが顔と声に出ていたようだ。途端に橘がおろおろしつつ言い訳を始めた。

「すみません。父のことを誉められるとどうしても反発してしまうんです。もう、これは条件反射といってもいいくらいで、ええと、その……別に長瀬さんが父に取り入ろうとしているとか、力を借りようとしているとかは、まったく考えていませんので……っ」

「うん、僕もまったく考えていない」

橘の思い込みも勿論《もちろん》あるんだろうが、これまでの人生で彼の周りには、父親の威光に群ってきた人間がいたというのも事実なのだろう。

橘父も言っていたが、『悪徳弁護士』の息子と苛《いじ》められた過去もあったようだし、父親に関する話題にはナーバスになってしまう気持ちもわかる。

わかりはするが、この調子で周囲の人と接してきたのだとしたら、それはそれで問題だ。

余計なお世話ではあるが、改めるようアドバイスをしてあげたい。

そのまま言えば反発されるだろうから、言い方を工夫して——と、考えていた僕に橘が、相変わらずおずおずした口調で声をかけてくる。

「あの……それで父は何をしに来たんですか？」

「お父さんが来たのは……」

君が妙なことを言ったからだ、というのが事実だが、そのまま言うのは躊躇《ためら》われ、言葉を選ぶために少し考えたあとに口を開く。

「……僕に会いに来たと仰《おっしゃ》ってたよ。君のことをよろしく頼むとも言われた。会社の先輩としてできることをなんでもしたいと思っていると答えたよ」

あくまでも『会社の先輩として』――人生の先輩としても、彼がこの先、他者と人間関係を構築していく上でのアドバイスをしてあげたいが、あくまでもそれは橘が望んだ場合で、お節介はしたくない。

望まれていないアドバイスは耳に心地《ここち》よくは絶対にないだろうし、『人生の先輩』といっても年齢は僅か二歳差だ。

その上橘は合格率二パーセントという司法予備試験に合格している。僕が彼に勝っているのは、たった二歳差の実年齢のみかもしれない。

それで僕は『会社の先輩として』と敢《あ》えて言ったのだが、それはどうやら橘の望んだ言葉ではなかったようだった。

「会社の先輩としてだけですか？」

思い詰めた顔をしつつ、橘が僕に問いかける。

いよいよきたな。

話が佳境に入ったと僕は自覚した。ここから先は一切、気を抜くことはできない。

覚悟したとおり、正面から向き合おう。再度覚悟を決め、橘を真っ直《ま》ぐ《す》に見据えた。橘もまた、僕を真っ直ぐに見返してくる。

「うん。『人生の先輩』でもあるけれど、たった二歳差だしね」

だからとても、と言葉を続けようとした僕の前で、橘が話し出す。

「……歳《とし》なんて関係ありません。実際、長瀬さんは『会社の先輩』だし『人生の先輩』でもあると思いますが、僕が長瀬さんに求めているのは、そういうことじゃなく……」

と、彼はここで、表現を考えるような素振りをし、口を閉ざした。

彼が僕に何を求めているのか——昨日、彼に『好きだ』と告白されたときのことが頭に蘇《よみがえ》る。

『でも別に、付き合いたいとか、そういうことをしたいとか、そういうんじゃないんで……っ』

では何を求めているのか。精神的な繋《つな》がりか。それとも——それを問おうと、僕が口を開いたのと、橘が再び喋り出したのがほぼ同時だった。

「橘君」

「……あなたに、幸せになってもらいたいんです。そのために僕にできることがあればなんでもしたい。他人に対して、こんな気持ちになったことは生まれて初めてなんです。血の繋がった家族に対してもそんな思いを抱いたことはなかったのに、どうしてかあなたには幸せでいてほしいと思う。そして幸せそうな顔を傍《そば》で見ていたいと、そう思ってしまうんです」

「橘君、僕は……」

橘の目は真剣だった。必死で自分の心境を僕にわかってもらいたいと願っている気持ちがひしひしと伝わってくる。

僕の幸せを願ってくれている、というのはありがたい言葉だ。でも同時にそれは今僕が『不幸』であるという彼の思い込みに基づく言葉でもある。

僕は不幸なんかじゃないのだ。そこをわかってもらわねば、と、頭の中で考えをまとめると、今度は僕の気持ちを橘にわかってもらうべく、話し始めた。

「僕は今、充分幸せだよ。不幸ではない」

「いいえ。あなたは騙《だま》されているんです」

途端に橘の声が高くなり、立ち上がったかと思うと僕へと向かってきたものだから、ぎょっとしたせいで一瞬、言葉を返すのが遅れた。その隙に橘は僕の両肩を摑《つか》むと、揺さぶるようにしながら切々と訴え始めてしまった。

「いくら煩《うるさ》く思われようとも、これだけは僕の言うことを聞いてください。あなたは騙されているんです。どこの世界に自分を強姦した相手を好きになる人間がいますか？　どうか目を覚ましてください。まずはカウンセリングを受けに行きましょう。今、幸せだというのは長瀬さんの思い込みです。あの男に思い込まされているんです！」

『あの男』というのは勿論、桐生のことだ。僕のことを思って言ってくれているのはわかるが、それでも桐生の悪口を聞かされるのはいい気持ちはしなくて、僕は早速反論を試みた。

「僕は決して騙されているわけではないよ。ちゃんと自分の頭で考えている。世の中にはいろいろな人間がいる。どの世界にいるかと言うが、この世界にはさまざまな考えを持つ人間がいるんだよ。中には君が理解できない考え方をしたり行動をとる人間もいるだろう。その中の一人が僕なんだ」

「長瀬さん……」

橘は唖然《あぜん》としながら、僕の言葉を聞いていた。僕もまた椅子から立ち上がり、彼と目線の位置を合わせると、羞恥を覚えながらも、これを言わないと話が進まないとの覚悟のもと、口を開いた。

「確かに、桐生との始まり方はその……強姦に近いものだったけれど、彼への恐怖心から離れられなくなっているというわけじゃない。僕は確かに彼を愛しているし、彼も僕を愛してくれている。僕は本当に幸せなんだ」

「だからそれが『誤解』だと言うんです。あなたは幸せだと思い込まされているんですよ」

橘が僕の話を遮り、再び説得を試みようとしてくるのがわかる。

僕の話も聞いてほしい。このままじゃ平行線じゃないか、と、僕は彼より大声を出し、自分の主張をわかってもらおうとした。

「誤解じゃない。君は僕の何を知っている？　君とはついこの間知り合ったばかりだ。僕以上に僕のことを知っているとはいえないだろう？」

「そ、それは……っ」

僕の言葉に、橘が酷《ひど》く傷ついた顔になる。申し訳ないとは思ったが、納得してもらうにははっきり言うしかないだろうと心を鬼にし、僕は言葉を続けた。

「僕を気遣ってくれていることに対しては、申し訳ないとも思うしありがたいとも思う。でも、桐生のことに関してはどうか、放っておいてもらえないだろうか。僕もいい大人だし、桐生との付き合いも長い。何せ同期だからね。これまでも二人の間にはさまざまなことがあったし、これから先もきっといろいろなことがあるだろうけれど、何があろうと二人して解決していきたいし、二人で前に進んでいきたいと思っている。この気持ちは別に、桐生に強制されたわけでも――脅されたり騙されたりしたわけでもない。僕の気持ちだ。僕がそうしたいと、心から願っている。だから……」

「騙されている人間は、自分が騙されていることに気づかないものなんです！」

またも橘が僕の言葉を遮る。

「一度でいいので、カウンセリングを受けてはもらえませんか？ お願いです」

何を言おうが、橘の耳には入っていかないのか。正直、僕は少し苛立《いらだ》っていた。それで彼に対して、あまりに冷たい言葉をぶつけてしまったのだった。

「自分のことは自分で判断するし、できていると思っている。頼むからもう、放っておいてもらえないか？ 僕が何を幸福に思うかは僕自身が決めることで君が決めることじゃない。はっきりいって、君にはまったく関係ないことじゃないか」

「まったく関係……ない……」

僕の目の前で橘が呆然《ぼうぜん》とした顔になった。

「…………っ」

彼の目がみるみるうちに潤んでくるのがわかり、ぎょっとなる。

「どうして……どうしてわかってくれないんです……っ」

呟《つぶや》くようにして告げられた言葉は、涙に震えていた。

「橘君……」

傷つけてしまった、と後悔したときには、橘はなんと、大きな声を上げ、泣き出してしまっていた。

「どうしてわかってもらえないんだ……っ……僕が言葉足らずだからですか？　だから長瀬さんは僕の言葉に耳を傾けてくれないんですか？　好きなのに……っ……本当に本当に好きなのに……っ」

子供のように泣き出してしまった彼を前に、僕は呆気《あっけ》にとられていた。が、彼が泣きながら告げる言葉を聞くうちに、彼が何を悲しんでいるか、そして悔やんでいるかがわかり、なんだかたまらない気持ちになってしまった。

駄々っ子のように泣いてはいたが、橘は自分の言っていることが僕に理解されないと、二人の間にコミュニケーションが成立しないことを悲しみ、悔やんでいるのだ。あの、他人とのかかわりを避けていた彼が、と思うと感慨深くなったが、泣きやまない様子の彼の涙をまずはとめてあげねば、と思い、僕は彼の肩に手をやると、聞いてほしい、と俯《うつむ》いてしまった顔を覗《のぞ》き込むようにし話を始めた。

「橘君、僕はちゃんと君の話を聞いているし、理解もしている。君は？ 君は僕の話を聞いてくれているかい？」

「……え…………っ」

橘が顔を上げ、僕を見る。途端に彼は我に返ったようで、その顔に一気に血が上り真っ赤になっていくのがわかった。

「す、すみません。泣いたりして。本当に恥ずかしい……っ」

手の甲で涙を拭《ぬぐ》いながら俯いてしまった彼の肩をぽんと叩いてまた、顔を上げてもらおうとする。おずおずと目を上げてきた彼に僕は、今度こそ僕の言葉を聞いて、そして理解してほしいという気持ちを込め、丁寧に説明することを心がけながら話を続けた。

「僕は君の言うことに耳を傾けないいんじゃない。君の言葉を聞き、理解した上で、それは違う、と否定したんだ。でも君は僕の否定を否定するだけで、少しも僕の言葉を聞いてくれていない。僕が騙されていると決めつけ、自分の意見をあくまでも通そうとする。コミュニケーションというのは、相互に聞き合うことができて初めて成立するものなんだ。話すだけじゃなく、聞く必要もあるんだよ。君を理解してもらうためにはまず、発信するだけじゃなく、

受信もしないと駄目だ。相手が何を思い、何を伝えようとしているのか。それを理解するところから会話は始まる……僕が言いたいこと、わかるかな？」

「…………はい…………」

どうやら、橘はようやく僕の言葉に耳を傾けてくれるようになったようだ。結果、酷く落ち込んだらしく頷いたあと、深い溜め息を漏らし、そのまま俯いてしまった。

「……コミュニケーションのとりかたすら知らないなんて……僕は……駄目ですね」

「駄目じゃないよ。これまで極力、他人とのかかわりを避けてきた君が、自分の気持ちを伝えたいと思うようになったことは、素晴らしいと僕は思うよ」

「…………」

橘がまた、顔を上げ、僕を見る。

「人は一人では生きてはいけないと、僕は思っている。それは、人間は孤独に耐えられないという意味ではなく、人とのかかわりを大切にしていく生き方のほうが、より有意義なんじゃないかという意味でだ。面倒なことも多くなるけど、自分のためになることも多くなると思う。何より楽しい人生を送れると思うよ。橘君にとってもよかったんじゃないかと、心からそう思ってる。なんだか偉そうに聞こえたら申し訳ないけれど」

「……いえ……」

橘が首を横に振り、目を伏せる。

「……嬉《うれ》しいです。長瀬さんが今、僕のためにと思って言ってくれているとよくわかるので……でも……」

「でも？」

なんだろう。伏せた目を見つめ、問い返した僕の前でまた、橘が顔を上げる。

かっちりと目が合った、そのあと橘はまた少し泣きそうな顔になり、それを堪えようと唇を歪《ゆが》めながらこう告げた。

「……でも、僕がコミュニケーションをとりたいと思っているのは、長瀬さんだけなんです。今のところは……」

「………ごめん」

謝ることは拒絶に繋がる。でも今の橘に必要なのは、きっちりした拒絶だと思った。

同時に、ここで彼を拒絶しても、今後、彼が他人とのかかわりをまた避けるほうにはいかないだろうという確信もあった。橘が先ほどの僕の言葉をきちんと理解してくれたとわかったからだ。

「本当にごめん」

橘の前で頭を下げる。

「……謝らないでください。長瀬さんは何も悪くない」

僕を思いやる言葉を告げてくれた橘の顔は、やはり酷く傷ついた表情を浮かべていた。

拒絶が伝わったのだなと察すると同時に、伝わって尚、思いやりのある言葉を返してくれた橘はもう、立派にコミュニケーションをとれているとわかり、嬉しく思った。

コミュニケーション以上のものも彼は既に身につけている。今後は、先ほどの言葉に反し、彼は僕以外の人間ともコミュニケーションをとるようになり、結果世界を広げていくんだろう。

今回、父親との長年に亘《わた》る不仲――橘側からの一方的な不仲は解消した。もう彼は誰に父のことを当てこすられても、以前のように怒ることはないに違いない。

これから部内の人や同期との距離を、だんだんと詰めていけばいい。その手伝いが僕にできるのであれば、なんでも協力はしたい。

まあ、それは僕がこの先も、今の会社に勤め続けられれば、だけれど。

そんなことを考えながら僕は橘を見つめ、橘もまた僕を見返した。

「会社、行けるよね？」

「はい」

橘は頷くと、小さく息を吐き出し、何かを言おうとした。

「……あの……」

「え？」

橘の顔がまた歪む。どうした、と顔に注目しているうちに、彼が笑みを作ろうとしていることがわかってきた。

「ありがとう……ございました」

それじゃあ、と橘が頭を下げ、部屋を出ていく。

「こちらこそ……ありがとう」

橘には本当に世話になった。危機を救ってもらったし、便宜も図ってもらった。過ぎるほどに心配してくれたことも、僕を思いやってくれたからこそだ。

諸々《もろもろ》のことへの感謝は、『ありがとう』の一言では伝えきれないと思ったのだが、橘は僕を振り返って充分ですというように微笑み、ドアを閉めた。

「………」

これでよかった――よな？

橘はわかってくれたんだよな。僕は彼に少しは有効なアドバイスを与えることができたよな？

自己満足ではないといい。それを今後も見極めていきたい。

そのためにも、会社に居続けられるよう、頑張らねば。一人頷く僕の脳裏に、桐生の顔が浮かぶ。

『何かあれば携帯を鳴らしてくれ』

これは『何か』といえるような出来事ではない。そう思いながらも僕の指は彼の番号を呼び出していた。

日中で、電話をかけるのに適した時間かはわからない。そう気づいたのは電話のコール音が耳に響いてきたあとだった。

メールにすればよかったか。切ろうとしたそのとき、桐生の声が電話から聞こえてきた。

『どうした？』

「ごめん、今、大丈夫？」

都合はいいのかと問うた僕に桐生は憮然《ぶぜん》とした口調で、いつもの言葉を口にした。

『マズかったら出ない』

「そうだよね。悪い。特に何があったってわけじゃないんだけど、今、橘君のことが一つ、決着したので、それを……」

伝えようと思って、と言おうとしたが、ここで僕は、桐生には橘に告白されたことは伝えてなかったと気づいた。

「……あ……」

『なんだ、あのボーヤをようやく振ったのか』

だが桐生は既に知っていたかのような口調でそう、返してくる。

「え？」

どうして、と思わず声を上げてしまった僕の耳に、聞こえよがしな桐生の溜め息が響いてきた。

『こっちは強姦魔呼ばわりまでされたんだぞ。お前に気があるに決まっているじゃないか』

「それは……申し訳なかったけど……」

僕としては『強姦魔呼ばわり』について詫《わ》びたつもりだったのだが、桐生はそうはとらなかったようだ。

『色目をつかってすみませんって？』

「え？　違うよ」

どうしてそうなる、と慌てて言い返した僕の声と、桐生の笑い声が重なる。

『馬鹿、冗談だ。コミュ障のボーヤには、奥様の色香はキツ過ぎただけだろ？』

どうやらからかわれているようだ、と気づき、まったくもう、と僕は思わず溜め息を漏らした。

『で？』

そんな僕に桐生が、今までの雑談の続き、といったさりげない口調で問いかけてくる。

「え？」

『決めたのか？　会社のほうは』

「……あ……うん」

まだはっきり『決めて』はいなかったが、これからどうするかは決めている。それを桐生に伝えるべく、僕は口を開いた。

「一方的な退職勧告には従うつもりはないと、まずははっきり言ってくる。僕が会社を辞めなければならない理由を改めて聞いて、納得できないときは納得できないと言うつもりだ。自分に非がないのに辞めるのはやっぱり嫌だから」

『……そうか』

桐生の答えはその一言だった。一瞬、二人の間に沈黙が流れる。

「桐生、あの……」

もう少しだけ待ってほしい。待たせるのは申し訳ないとは思うのだが。

そう言葉を続けようとした僕の耳に、桐生の笑いを含んだ声が聞こえてくる。

『後悔のないようにしろよ』

「……っ」

桐生が告げてくれたのは、僕にとって最高といっていい言葉だった。

僕の気持ちをすべてわかってくれ、そして受け入れていてくれているだけでなく、背中を押してくれてもいる。

「……ありがとう……」

胸が詰まり、恥ずかしいことに泣きそうになってしまっていた僕の声は、少し震えてしまった。

『ああ、そうだ』

桐生は優しくも気づいていないふりをしてくれ、何かを思い出したように話し出す。

『今日、ホテルを引き払って築地のマンションに戻る。暫《しばら》く今の会社に残ることに決めたから、お前もいつでも越して来い』

「え？　本当に？」

桐生もまた決断を下していたのか。驚いた僕に桐生が言葉を続ける。

『ああ。お前のほうのカタがついたら戻って来い。ゆっくり話をしよう。お前の話も聞きたいし、俺の話も聞いてほしい』

「……わかった。うん、わかった……っ」

収まりかけていた涙が、また込み上げてきてしまった。

桐生が僕を対等に扱ってくれているように感じたためだ。

『待ってるぞ』

くす、と桐生が笑い、耳を押し当てた電話に、彼がチュ、とキスする音が響いてくる。

「…………」

彼の言葉が、その存在が僕にどれだけの力を与えてくれているか、本人に伝えたいと思うのに、上手《うま》く言葉が出てこない。

それでも感謝の思いは伝えたくて、僕はともすれば嗚咽《おえつ》が込み上げてきそうになるのを必

死で堪え、電話の向こうに、

「……ありがとう」

と告げたあとに、すぐにもその決意を行動に移すべく、明日にするつもりだった出社をこれからにしようと心に決めたのだった。

7

桐生との電話を切ったあと、僕はシャワーを浴びて身支度を調《ととの》え寮を出た。

大河内から、今日は休んでいいと言われていたが、『休め』と言われたわけではない。謹慎処分を受けているわけではないので、会社に行くことに関してはなんの問題もないだろう。

あくまでも表面上は――だが。

会社としては僕に辞めてもらいたいと思っている。これで僕が辞表を書いてきた、というのなら大歓迎だろうが、僕は会社からの『退職勧告』にもの申しに行くのだから、ウェルカムではないことが容易に想像できる。

まずは大河内《おおこうち》、その後、人事に話をしに行く。大河内が在社しているかを確認したほうがいいか、と思ったが、連絡を入れることで逆に席を外されたら困る、と思い、不意打ちで出社することに決めたのだった。

僕が会社に到着したのは、午後一時を三十分ほど回ってしまった頃となった。

「長瀬さん！」

フロアに足を踏み入れた途端、めざとく見つけてくれた橘が大きな声を上げ、席を立つ。

おかげで物凄《ものすご》く目立ってしまった。悪気はないのはわかっていたが、参ったなと思いながらも僕は、駆け寄ってきた彼に「やあ」と笑いかけた。

「今日は休むって言ってましたよね？」

どうしたんです？　と声を潜め、問うてくる彼に、逆に問いかける。

「課長は？」

「ああ、今、席外してますね。さっきまでいたんですが……」

橘が周囲を見回し、僕も彼に倣ってフロアを見回したそのとき、手洗いにでもいっていたらしい大河内がちょうど戻ってきて、僕を見て驚いた顔になった。

「長瀬君、今日は休むんじゃ？」

「課長、お話があるんですが」

驚きながらも笑顔を向けてきた彼に、そう声をかける。

「なに？」

相変わらず彼の顔には笑みがあったが、目が笑ってないのはよくわかった。

「病院でのお話なのですが」

「部屋に行こうか」

大河内はまさか僕が、フロアで話そうとするとは思っていなかったようだ。彼の顔に動揺が見られたが、すぐさまそれを笑みの下に押し隠し、大河内は僕を会議室へと誘った。

「僕も同席していいですか？」

隣にいた橘が身を乗り出すようにし、大河内に問いかける。

「いや、君は仕事があるだろう」

大河内ははっきり『駄目』とは言わなかったが、暗に『ノー』と答えた。それを橘が逆手に取り、きっぱりと宣言する。

「急ぎの仕事はありません。僕も当事者の一人ですから同席させていただきます」

「いや、君は当事者ではないよ」

大河内は困惑していた。

「大阪での監査にかかわることなら、僕も当事者です」

どこまでも橘は積極的だった。グイグイくるな、と内心驚きながらも僕は、彼の援護射撃を求めることをよしとせず、橘の申し出を退けることにした。

「橘君、気持ちは嬉しいんだけど、まずは課長と二人で話をさせてもらえるかな」

「え？」

橘は少し驚いた顔になったが、すぐ、頷いて寄越した。

「わかりました。でも長瀬さん、忘れないでください。課長も」

橘は思いの外、素直に僕の言うことを受け入れてくれたが、最後に思いもかけない言葉を口にした。

「何かあれば僕は、迷わず父の力を借ります」

「……脅しかい？」

大河内が苦笑し、橘に問う。

「はい」

「橘君」

即座に頷いた橘に、大河内がまた苦笑する。

「認めるなよ」

「長瀬さんのおかげで、父との間のわだかまりがなくなったんです。そうなるとこれほど頼りになる人はいないな、と」

「……そりゃ、天下の橘修平だからねえ」

以前の橘であれば、父の名を出されただけで激昂《げっこう》したことだろう。それが今は自ら話題にしただけでなく、『天下の』と揶揄されても軽く流してみせ、僕に彼の成長を感じさせた。

「本当に心強い味方です。依頼人にとっては」

「まあ、そうだよね」

大河内は尚も苦笑したあと、僕に「行こうか」と声をかけ、二人して一番近い会議室へと向かうこととなった。

「……で？　用件は何かな？」

部屋に入ると、すぐに大河内はそう僕に問いかけてきた。

「はい。もう一度、課長に確認したいことがありまして」

「退職勧告の件だろう？」

意を決して口を開いたというのに、大河内は先回りし、僕の言いたいことを告げてくれた。

「はい」

頷き、僕は後悔のないよう、大河内に問いかけた。

「退職勧告をされましたが、あくまでもこれは『勧告』ですよね？　僕が会社を辞めねばならないことをしたというわけではないんですよね？」

「まあ、会社としては『辞めろ』と言うわけにはいかないからね」

あっさりと大河内はそう言うと、ニッと笑いかけてきた。

「でも、もし、辞めないという選択をした場合、君にとってはつらい日常が待っていると思うよ」

「それは僕に何か非があるからですか？」

再度、確認をとった僕に対する大河内の答えは「いや」というものだった。

「マスコミ対策かな。もし、今回の件でマスコミに食いつかれることになった場合、君の過去を取り沙汰されることになるかもしれない。君だって、過ぎてしまったことをあれこれ掘り起こされるのは嫌じゃないか？　男が男に強姦された過去など、忘れ去りたいだろう？」

「……そうでもないかもしれません」

実際、そういう『目』で見られた場合、つらいと思うに違いないという確信はあった。それでも、それが『非』になるのは、やはり違うとしか思えず、僕はその思いを大河内にぶつけることにした。

「つらくないと？　もしかして、長瀬君、君、ゲイなの？　露悪趣味があるってこと？」

今や大河内ははっきりとした『差別発言』をしかけてきていた。

これこそ、弁護士に拾われたらマズいんじゃないかと思いながらも首を横に振る。

「いいえ。僕はゲイではありません。ただ、自分に非があるならともかく、ないのに辞めろと言われるのはやはり納得がいかないと思いまして」

「じゃあ、辞める気はないと？」

大河内が僕の目を覗き込み、問いかける。

「はい」

きっぱりと頷いたあと僕は、大河内が次に何を言ってくるかと身構えつつ、出方を待った。

この調子ではきっと彼は、僕を挑発して怒らせるか、または大上段に構えて脅してくるのではないかと思われる。

しかし臆するわけにはいかない。このあと部長や人事にも立ち向かっていかねばならないのだから。

気合いを入れ、いつしか拳を握り締めながら僕は大河内の目を見返した。大河内もまた僕をじっと見つめていたが、その目がふと笑みに細められたかと思うと、彼の口から今までとはまったく違うトーンの、明るい声が発せられた。

「いやあ、長瀬君、君は本当に見た目を裏切るね」

「……え？」

突然の変化について行けず、戸惑っていた僕の肩を、嬉しげに笑いながら大河内がぽんぽんと叩く。

「前も言ったかもしれないけれど、いかにも大人しそうに見えるのに、気骨があるというか……うん、いいよ。僕はそういうギャップ、大好きだ」

「……はあ……」

嫌みか？　とも思ったが、大河内の口調に毒はない。本気で言っているんだろうか、と訝《いぶか》っていたのがわかったのか、大河内は、

「ああごめん」

と笑ったあとに、ぽんと僕の肩をまた叩き、少し真面目《まじめ》な顔になってから話し出した。

「実は僕も、人事からの要請には不満を持っていたんだよ。長瀬君本人はまるで悪くないのに、トラブルに巻き込まれすぎるから辞めてもらったほうがいい、というのはおかしいんじゃないかってね」

「えっ。でも……」

課長は淡々と人事の意向を伝えただけで、そんな素振りをまったく見せていなかったじゃないか。驚く僕の前で大河内が、その理由を説明し出す。

「そんなふうには見えなかったって？　敢えて態度には出さなかったからね。というのも、君自身が何を希望しているかがわからなかったからだ。もしや今回の件にショックを受け、会社からも勧告があったと知れば退職を考えるかもしれない。会社は今回、退職に関してはかなり好条件を出してきたんだ。それに実際、マスコミに今回の件を嗅《か》ぎつけられたら、いやな思いをすることもあるだろうしね。だから敢えて、自分の主観は出さないようにして君と接した。君の選択を邪魔しないようにね」

「そうだったんですか」

なるほど、それであの淡々とした対応だったというわけか。納得していた僕の前で、また大河内が満面の笑みを浮かべる。

「正直なところ、君は退職を選ぶ可能性が高いと思っていた。僕としては不本意だが、気持ちはわかるから受け入れるしかないかと考えていたんだが、君が選択したのは会社を続けるほうだった。自分に非がないのに辞めたくはないと。聞いた途端、嬉しくなってしまったよ。実に頼もしい。さすが、名古屋での事件について、上司から聞かれても『話したくない』と突っぱねただけのことはある」

「いや、そんな……」

僕はなんだか混乱してしまっていた。

敵――というのは言いすぎだが、到底味方にはついてもらえないと思っていた大河内が僕の『会社を辞めない』という選択を、手放しで喜んでくれている。

信じられない、といっても、大河内を信用できないという意味ではなく、そんなに自分にとって都合良く話が進んでいいのかと、ただただ戸惑ってしまう。

それがわかったのか、大河内は、

「安心してくれていい」

と、自らの言葉で、保証してくれた。

「何度も言っているが、会社は君を辞めさせることはできない。解雇にするだけの非行が認められたわけではないからね。だが、今後、君に対する風当たりはどうしても他の社員と比べて強くなるとは思う。それがわかった上で会社に残る選択をした君には今更のことだろうが、しかし、会社が理不尽なことをしようとしたら僕は上司として君の盾になると約束するよ」

「大河内さん……」

力強い口調で告げられる大河内の言葉を聞き、ようやく僕は状況を整理し、理解することができた。

「ありがとうございます」

礼を言った僕に大河内は、

「当然だろう？」

と笑い、僕が頭を下げるのを制した。

「幸い、会社が最も懸念していたマスコミは橘君の父親が抑えてくれている。彼もなんだかかわったね。今日、出社したときに大きな声で挨拶をして、皆を驚かせていたよ」

「そうですか」

よかった、他人とのかかわりを求めるようになったんだな、と思う僕の顔は自然と笑ってしまっていた。

「君の影響なんだろう？　優秀ではあるんだが、今までは僕を含めた皆が彼の扱い方——という言い方は悪いが、接し方、育て方をなかなか見つけられないでいた。そんな彼を長瀬君はほんの短い間でああも変えたが、一体どうやったんだ？　何かきっかけはあったのかい？」

「いや、特に……最初のうちは僕も、ほとんど相手にしてもらえませんでしたし」

きっかけ——あるとしたらなんだろう。考え、やはり大阪出張じゃないか、という結論に達した僕は、それを大河内に伝えた。

「大阪で、朝から晩まで一緒にいるうちに、なんとなく話すようになって……それがきっかけでしょうか」

「出張には他のメンバーも一緒に行っていて、本当に息が詰まった、という感想しか出てこなかったけどね」

大河内が苦笑し、肩を竦《すく》める。

「年齢が近いとかもあるかもしれません。あと、僕が教えてもらう立場だったのもよかったのかも」

僕としては別に、橘に『好きです』と告白されたことを明かしたくなくて、あれこれ理由を考えていたわけではない。が、実際大河内に指摘されると、それに対しては何も言えなくなってしまったのだった。

「え」

「僕の見立てでは、橘君は君に恋でもしちゃったんじゃないかな、と」

絶句した僕の目を一瞬、大河内は覗き込んだあと、すぐさまニッと笑い、

「冗談だ」

と話を終わらせてくれた。

「こんなこと、橘君に言おうものなら怖い父親が出てきてしまう。今のは内緒だよ」

「はあ……」

どこまでが本気で、どこまでが冗談なんだか。さっぱり読めない。やはり彼のことはちょっと苦手だな、と心の中で呟いていた僕の脳裏に、かつて橘が大河内のことをゲイだと決め

つけていたことが蘇った。

確かに大河内はモテそうなのに結婚していない。しかしだからといってゲイとはいえないと思うし、橘も、それが大河内をゲイと思う理由ではないと断言していた。

まあ、大河内がゲイであろうがなかろうが、彼が僕にとって頼れる上司であるということは間違いない。性的指向は本人が明かしてないものを探るというのも悪いし、と僕は思考を切り上げ、大河内に対し、改めて頭を下げた。

「いろいろとご迷惑をおかけするかもしれませんが、よろしくお願いします」

「任せなさい。ただ、君も生活態度には今まで以上に気をつけるようにね。まあ、言わずもがなだけど」

「はい」

わかりました、と頷いた僕の肩を、大河内がまた、ぽんと叩く。

「頑張れ。君の覚悟が聞けてよかった」

「ありがとうございます」

再度礼をし、ドアへと向かう。課長のためにドアを開くと、先に出ていいよ、と目で促してきたので先に外に出た。

「……橘君」

慌てた様子で橘が立ち去っていく、その後ろ姿に声をかけたが、彼は聞こえないふりをし、席へと戻っていった。

「仕方ないなあ、彼も」

大河内が苦笑し、僕を見る。

「心配性の保護者みたいだねえ。本当に、百八十度変わった彼が見られて、僕も嬉しいよ」

「……変わりすぎですよね」

確かに、百八十度、変わってしまった。でもいい変化だと思う。その思いは大河内も一緒らしく、橘の後ろ姿に向けた目には優しげな光が宿っていた。

席に戻ると皆が僕に好奇心溢《あふ》れる視線を向けてきた。彼らは僕が退職勧告されたことを知っているんだろうか、と思いつつ会釈をすると、微笑《ほほえ》みながら会釈を返してくれたので、どうやら知らないらしいと判断できた。

メールを立ち上げると、かなりたまっていた。チェックしていると僕と橘で監査に行った大阪の事業会社の加藤《かとう》部長から、見舞いのメールが入っていた。

『お恥ずかしい限りです。不正を見つけてくださりありがとうございました』

加藤は僕が岸本にどんな目に遭ったのか、知っているのか知らないのか。文面からはわからなかった。知っていたとしても触れるわけはないか、とも思うし、橘父の力で詳細はすべて伏せられているとも思える。

ああ、面倒くさいな――。

今更ではあるが僕は、自分が本当に特殊な体験をしたのだなということを実感せざるを得なくなった。

普通はまあ、ないことだろう。今までの会社生活でも確かに聞いたことがない。警察沙汰になった事件自体がレアケースだが、僕はその『警察沙汰』を何度も経験している。

会社が辞めてほしいと願う気持ちもわかるよな、と思いながら僕は加藤部長に当たり障りのない返信をし、残りのメールのチェックを続けた。

「…………」

中に、同期の尾崎《おざき》からのメールがあった。メキシコ駐在中の同期の田中《たなか》の帰国スケジュールに合わせ、同期会をするという連絡で、日程や店、それに面子《メンツ》ももうほぼ決まっていた。

『やっぱり男同士、気の置けない会にしたいと田中が言うから、この面子になった。都合は何があってもつけるように。ところでなんでお前、休んでるんだ？』

尾崎からは携帯に留守電も入っていたんだった、と思い出す。

『悪い。ちょっといろいろあって。でも田中との飲み会には万難を排して参加するから』

返信をしたあと、田中にもメールを入れることにしたのは、背中を押してほしいと思ったからだった。

『帰国時の飲み会、楽しみにしてる。そこに桐生を連れていこうかなと思ってるけど、いいかな？』

面子を見たら気を許せる同期ばかりだったので、ここで僕は桐生との関係をカミングアウトしようかなと、今思いついたのだった。

皆、驚くだろうとは軽く想像がつく。でも、いい機会とも思えた。

皆の反応はまるで読めない。否定的な意見もあるだろうが、受け入れてくれる人間もゼロではないような気もする。

だが皆に桐生との関係を明らかにすることができれば、確実に僕の中でひとつ、ステップを登れるような気がしていた。

他の仕事のメールをすべて見終え、返信をしているうちに時間はあっという間に経《た》ち、終業時間になった。

「長瀬君、無理することはない。今日はもう帰るといい」

チャイムと同時に大河内からそう声をかけられたので、僕はその言葉に甘えることにした。

「ありがとうございます。今日は失礼します」

「また来月には君と橘君に、ロンドンの事業会社の内部監査をお願いしようと思っている。準備期間は充分にとるつもりではいるが、頑張ってくれ」

大河内はそう言うと、パチ、と男の僕でも見惚《みと》れずにはいられないようなウインクをして寄越した。

「ロンドン……ですか」

当たり前だが、海外にも事業会社は山のようにある。そこの監査をすることもある意味当然ではあるのだが、自分がする、という感覚がなかったため、思わず問い返してしまった。

「海外の監査は僕、去年経験しているので大丈夫です」

すかさず橘がそう言い、にっこりと微笑んでくる。

「長瀬さんもすぐに慣れますよ。ＴＯＥＩＣの点を見る限り、問題ないと思います」

「……ありがとう。頑張るよ」

まさかまた、橘とペアを組むことになるとは。それに海外の事業会社の監査は、一週間程度の予定であるということは、今までの事例からわかっていた。

このタイミングで橘と海外出張か。橘は吹っ切れているんだろうか。今の態度からはそれが感じられるが。そう思っていた僕の目が、今、届いた社内メールを捕らえる。

発信者は橘だった。

『いろいろ考えたのですが、僕は自分の思うがままに行動したいと思います。報われる可能性は著しくゼロに近いだろうけれど、僅かな可能性に僕はかけてみることにします』

「…………」

これは一体どういう意味なのか。僕が考えたとおりの意味だとすると、ちょっと困るのだけれど。

思わず顔を上げ、橘を見る。と、それまで僕を見ていたらしい橘が、恥ずかしそうに目を伏せた。

やはり、僕が理解しているような意味なんだろうか。確認しておいたほうがいいとは思うが、今できるわけもなく、またその気力もなかったので、そのまま返信せずにメールを閉じ、パソコンの電源も落とした。

「それではお先に失礼します」

「お疲れ」

「お疲れ様です」

大河内に続き、フロアの皆が口々に挨拶を返してくれる中、頭を下げながら僕はエレベーターホールへと一人向かった。

定時で帰る人間はあまりいないため、エレベーターホールは無人だった。と、ポケットに入れていたスマホが震動する。メールかなと取り出したところでエレベーターが来たので乗り込みながら画面を見ると、やはり新着メールがきていたので開いてみた。

「あ」

エレベーターは僕以外無人だったので、声を漏らしても誰に気にされることはない。意外といっていい人物からのメールに、僕は思わず声を上げてしまった。

メールをくれたのは田中だった。メキシコって今、深夜じゃなかったっけ？　と思いつつ開いたあたりでエレベーターが一階に到着した。

箱から降り、ロビーを突っ切りながら田中のメールを読む。

『メール読んだ。桐生も来てくれるのなら大歓迎だが、わざわざ聞いてくるってことは何か考えがあってのことなのか？』

さすがは田中。あのメールで何かを感じ取ってくれたらしい。歩きスマホをするわけにはいかないので、取りあえず駅へと急ぎ、地下鉄に乗ってから僕は彼に返信をした。

『皆で会うときに、桐生と付き合っていると言おうかと思ってる』

すると速攻、という速さで田中から返信があった。

『突然どうした？　もしかして大阪でのトラブルと何か関係あるのか？』

「え？」

思わずまた声が漏れてしまった。なぜ田中が大阪の件を知っているんだ、と僕もまたすぐに返信をした。

『大阪のトラブルって、オープンになってないはずなんだけど、なんで知ってるんだ？』

チャットか、という勢いで田中から返信が来る。

『この手の情報は東京にいないほうが早く入手できるんだよ。警察沙汰になったんだろう？無事で何よりだ。第一報を聞いて青くなったが、出社しているのがわかってほっとしたよ』

そういうものなのか、と感心すると同時に、駐在員の誰もが情報通というわけではなく、田中だから、ということもあるんだろうなと思いつつ返信をする。

『詳しいことはまた帰国したときにでも話すけど、いろいろ大変だった。でも無事に今後も勤め続けられるみたいでほっとしてる』

『勤め続けられるって、お前は被害者だろ？　まさか会社に辞めろとか言われたのか？』

そのメールがきたあと、立て続けに田中からメールが入る。

『まだるっこしいな。電話で話さないか？』

『ごめん、今、地下鉄だから。それにソッチは深夜だよね？』

僕も直接話したかったが、僕が寮に着く頃にはメキシコは何時になっているかと考えると、今日は電話は無理そうだ。

それでそう返信したのだが、田中は納得しなかった。

『何時でもいいから電話をくれ。Skypeなら顔見て話せるし』

田中の返信に僕は、今日はやめておこうという言葉を返した。

『悪いけど、改めてにしよう。今日は僕も疲れているし』

自分が疲れている以上に、田中に夜更かしをさせたくないという気持ちのほうが強かったが、それを伝えれば田中は確実に『俺は大丈夫』と言うことがわかっていたため、敢えてそう返信した。

『わかった。明日、改めよう』

田中はきっと僕の意図を汲《く》んだ上で、そう返信してきたに違いない。またすぐにメールが来たので開いてみると、それは僕と会社との間で何があったかを問う内容ではなく、桐生に関することだった。

『話が逸《そ》れたが、カミングアウトについてはあまり賛成できない。俺が口を出すことではないけれど個人的には別に明かす必要はないと思うぞ』

「…………」

スマホの画面を僕は思わず凝視してしまった。

田中が反対するその理由が知りたい。電話を断らなければよかったと後悔したが、田中のためにも断るべきじゃないかと即座に反省した。

『どうして？』

でも理由は気になり、返信をする。

『逆にカミングアウトしようとした理由は？』

田中の返信に僕は暫く考え込んでしまった。

『嘘《うそ》をつきたくないから……かな』

そう返信したあと、ちょっと違うな、と気づいて言葉を足す。

『これからは、何事においても正面からぶつかっていきたいと思うから。かな』

田中からは暫く、返信が来なかった。さすがに寝たか、と思っていた頃、スマホのディスプレイに新着メールの表示が出る。

『「言わない」と「嘘をつく」は同義じゃないと俺は思う。とにかく、桐生にも相談しろ。二人がそうしたいというのなら、いいんじゃないか?』

「…………」

短文を打つのにここまで時間がかかったのは、田中がいろいろと考えてくれたがゆえだとわかっていた。

『ありがとう。桐生にも相談する』

返信してから僕は、桐生はどんなリアクションをとるだろうと考えていた。

寮に戻ったら桐生に電話をしよう。会社を辞めなくてすんだことも彼には伝えねば。

桐生はがっかりするだろうか。それとも『よかったな』と喜んでくれるだろうか。

電話ではもどかしい。いっそのこと、桐生のもとを訪れよう。そう心を決めたとき、ちょうど地下鉄が駅に停車したので僕は車輌から降り、向かいのホームに入ってきた逆向きの電車へと向かっていった。

築地駅にはどうやったら早く着くだろう。頭の中に路線図を思い浮かべる僕の脳裏にはそのとき、希望的観測かもしれないが、僕の決意を聞き微笑んでくれている桐生の顔がはっきりと浮かんでいたのだった。

8

既に懐かしさを覚える桐生の築地のマンションに到着して初めて僕は、事前に訪れる旨、連絡の一つも入れておくべきだったか、という今更のことに気づいた。

が、時既に遅し。今更連絡を入れたところで一緒か、と開き直り、持っていた合い鍵を使ってオートロックを解除する。

それでもエレベーターを降り、桐生の部屋の前に立ったときには、合い鍵を使って中に入るのが躊躇われ、インターホンを押した。

『……長瀬か？』

スピーカー越しに桐生の声が聞こえる。

「うん……っ」

それだけでなんだか胸がいっぱいになってしまい、恥ずかしいことに涙が込み上げてきた。

なんとか返事をすると、数秒後にドアチェーンが外れる音がし、ドアが大きく開かれた。

「桐生……っ」

ドアを開いてくれた桐生の胸に飛び込み、口づけをねだる。

「どうした？」

問いながらも桐生はしっかりと僕の背を抱き締め、唇を落としてきてくれた。

「ん……っ」

噛みつくような――という表現がぴったりの、情熱的なキスだった。理性などあっという間に吹っ飛んでしまう。

痛いほどに舌をからめとられ、立っていられなくなって桐生の背に縋《すが》り付く。桐生の手が僕の背を弄《まさぐ》り、やがて下へと向かう。

「ぁ……っ」

合わせた唇の間から思わず声が漏れたのは、桐生の繊細な指先がスラックス越しに僕の後ろを抉《えぐ》ってきたからだった。

「…………」

桐生が僕と目を合わせて微笑んだ直後、その場で僕を抱き上げた。

「わっ」

毎度とはいえ、その高さに恐怖を覚え、桐生に縋り付く。

「話はあとだ。今はただ、抱き合おう」

「……桐生……っ」

ふっと笑い、告げられた言葉に、堪《たま》らない気持ちが募る。

まさに僕も今、桐生の力強い腕を求めていた。

男が男に抱かれたいと願うことにはやはり、抵抗はある。でも今の自分の心情を正直に表現すると、まさに『抱かれたい』の一言に尽きた。

桐生を全身で感じたい。漏らす吐息を残らず、受け止めたい。力強い突き上げを体感したい。きつく背中を抱き締められたい。二人してめくるめく快楽のときを共有したい。

頭の中にあるのはそれだけだった。恐怖よりも体温を感じたいという思いから尚も桐生に縋り付いた僕を抱き直すと、彼は僕を真っ直ぐに寝室へと連れていってくれた。

どさ、とベッドの上に落とされたあとに桐生が覆い被《かぶ》さり、再び唇を唇で塞《ふさ》いでくる。彼の背に腕を回しながら僕は、少しも早く欲しいという気持ちを込め、敢えて腰を持ち上げ、桐生の下肢に擦り寄せた。

「…………」

桐生がくす、と笑い、僕を見下ろす。

「……や……っ」

やはり少しはしたなすぎたか、反省し、俯く僕の唇に桐生はチュ、とキスすると、やにわに身体を起こし、服を脱がせ始めた。

「……自分で……」

脱いだほうが早い。彼の手を押さえ、僕も身体を起こす。二人してそれぞれ服を脱ぎ捨て、全裸になって再び抱き合った。

「あぁ……っ」

つぷ、と桐生の指先がそこへと――僕の後ろへと早くも挿入されてくる。逸《はや》る僕の心を桐生は正確に読んでくれたらしい。

ぐるり、と中をかき回されると、内壁がひくひくと、自身の意識を超えたところで激しく蠢《うごめ》き、桐生の指を奥へと誘《いざな》うのが恥ずかしかった。

今更、と笑われるかもしれないが、欲情を悟られるのはやはり恥ずかしい。強く、激しく抱いてほしい、などという、男が本来抱くものではない欲情なだけに、羞恥を覚えてしまうのだが、桐生はその羞恥をわかった上で、尚も僕を恥ずかしがらせようとでもしているのか、じっと顔を見下ろしてきた。

「や……っ」

見ないでほしい、と顔を背けても、桐生の視線は追いかけてくる。その間も彼の指は間断なく僕の後ろを抉り続ける。

「きりゅ……っ……いじわる……っ……」

批難しているつもりが、酷く甘えた声になってしまった。これでは媚《こ》びてるみたいだ、とますます恥ずかしさが増したところに、奥深いところを指で抉られる。

「あぁ……っ」

喉を仰《の》け反《ぞ》らせ、喘《あえ》いでしまう。その顔すら見つめられ、昂《たか》まりは堪えきれないくらいになった。

「きりゅ……っ……」

指じゃなくて。欲しいものは別にある。

名を呼び、欲しいものをねだる。恥ずかしさが欲望に屈した瞬間だった。両脚をこれでもかというほど大きく広げ、桐生の腰を抱き寄せる。

「わかってる」

くす、と桐生がまた笑い、腕を後ろに回して僕の両脚を解かせると、そのままそれを抱え上げた。

既に彼の雄は屹立《きつりつ》しきり、先端からは先走りの液を零《こぼ》していた。

「あぁ……っ」

それを後ろに押しつけられ、堪らず喘いだ僕の後ろは、挿入を待ち侘《わ》びあさましいほどにひくついていた。

「はやく……っ」

意識するより前に、希望が口から零れてしまう。

「………」

わかっている、というように桐生は微笑むと、ずぶ、と先端をそこへと挿入させてきた。

「……っ」

一気に奥まで貫かれ、息が止まる。次の瞬間、桐生の力強い突き上げが始まった。

「あ……っ……あぁ……っ……あっあっあっ」

二人の下肢がぶつかる度に、空気を孕《はら》んだ高い音が室内に響き渡る。

内臓がせり上がるほどの力強い突き上げに、いつしか僕の意識は朦朧《もうろう》としてきてしまっていた。

やかましいほどに喘いでいる淫《みだ》らな声が自分のものであるという自覚は、既に失われていた。肌もその奥にある血管も、身体のどこもかしこもが沸騰しそうなほどに熱く、頭も身体もおかしくなってしまいそうになる。

「もう……っ……あぁ……っ……もうっ……もう……っ……アーッ」

我慢ができない。ともに絶頂を極めたい。その願いを込め、桐生を見上げる。と、僕を見ていたらしい彼と目が合った。

「……」

激しく僕を突き上げているのに、息一つ乱していなかった彼は、わかった、というように微笑むと、二人の腹の間で勃《た》ちきり、破裂しそうになっていた僕の雄を摑み、一気に扱《しご》き上げてくれた。

「アーッ」

耐えられずに僕は達し、白濁した液をこれでもかというほど桐生の手の中に飛ばしてしまった。

「……く……っ」

射精を受け、僕の後ろが激しく蠢いて桐生の雄を締め上げる。その刺激で達したらしい彼は低く声を漏らし、伸び上がるような体勢となると僕の中に精を吐き出した。

ずしりとしたその質感に、この上ない喜びを覚えつつ桐生を見上げる。

「愛してる……」

微笑み、唇を落としてくる彼の背に、両手両脚でしがみつく。

「僕も……っ」

本当に愛している。常に存在を意識せずにはいられないほど。皆に、僕が愛しているのは彼なのだと主張せずにはいられないほど、愛《いと》しくてたまらない。

強くその背を抱き締める僕のこめかみに、頰《ほお》に、唇にキスを落としてくれる。

愛しさが募り、またも桐生を抱き締めてしまう。

「……なんだ、まだほしいのか？」

桐生がくす、と笑い、僕の髪をかき上げる。

「…………」

そうじゃなくて、と首を横に振ろうとしたが、ほしくないかと自問自答すると、やっぱり

『ほしい』としか思えなくなった。

「……うん」

考えた上で改めて首を縦に振り直した僕を見て、桐生が噴き出す。

「今日の奥様は素直だな」

「……だって……」

ほしいものはほしいから。話したいこと、話さねばならないことはたくさんあるけれど、今はただ、桐生の腕を感じていたい。

言葉にするよりも、と両手両脚で桐生の背を抱き寄せる。

「積極的な奥様もいいな」

ぐっとくる、とふざけて笑った桐生の目に欲情が滲《にじ》んでいるのがわかる。きっと僕の目にも欲情の焔《ほむら》が燃えさかっているのだろうと思いながら桐生にしがみつくようにして顔を寄せ、口づけをねだったのだった。


「ん……」

二回目に絶頂を迎えたあと、もう一度、と桐生の背にしがみついた結果、三度目の極みに達した直後、僕は失神してしまったようだ。

額に冷たさを覚え、目を開ける。と、ちょうど桐生が僕の額に掌《てのひら》を当ててくれていたところだった。

「……大丈夫か？」

目を開いた僕を見下ろし、桐生が問いかけてくる。

「ごめん。大丈夫」

頷き、起き上がろうとすると、桐生が背を支えてくれた。

「水か？」

言いながら桐生がベッドサイドの小さなテーブルに置いてあったペットボトルを手を伸ばして取り、僕に渡してくれる。

「ありがとう」

喘ぎすぎて喉がすっかり嗄《か》れているのが少し恥ずかしい。冷たい水は喉に心地よく、ごくごくと飲み干したあとに、はあ、と溜め息をつくと、桐生が、

「もっと飲むか？」

と聞いてくれた。

「ありがとう。大丈夫」

もういいや、と首を横に振った僕の手から桐生は空になったペットボトルを受け取ると、

「寝るか？」

と微笑みかけてきた。

「寝る前に話がしたいんだ」

それで来たのだ、と告げた僕の目を覗き込むようにし、桐生が問いかけてくる。

「決めたのか？」

「……うん」

桐生はきっと、僕が何を選択したかも察しているに違いない。それでも問うてくれた彼の目を真っ直ぐに見返し、僕は自分の選んだ道を明かすべく口を開いた。

「やっぱり、勤め続けることにした。幸い、上司も応援すると言ってくれたんだ」

「そうか」

やはり桐生は予想していたらしく、即座に頷くとニッと笑い僕の頭をぽん、と叩いた。

「よかったな」

「うん。やっぱり、このまま辞めてしまうと僕は、一生、楽なほうへ楽なほうへと流れてしまうんじゃないかと思う。そんなんじゃとても桐生に相応《ふさわ》しい人間とはいえないし……」

「お前はどうも俺を贔屓目《ひいき》に見過ぎている傾向があるよな」

桐生が苦笑し、僕の頭をまた、ぽん、と叩く。

「俺はそんな、たいそうな人間じゃないぞ」

「たいそうな人間だよ。充分に」

桐生が謙遜するなんて、と驚きながら返した僕の言葉に、桐生は苦笑しただけで何も言わなかった。

「いろいろ考えて、これからはすべてのことに正面から向き合っていくことにした。それで、相談なんだけど」

「相談？」

目を見開く桐生に僕は、田中には反対された自身の決意を告げることにした。

「今度、田中が一時帰国するので、同期で集まるんだけど、桐生にも来てほしいんだ。そこで……」

二人の仲を皆に明かしたい、と言うより前に、桐生が僕の言葉を制してきた。

「やめたほうがいい」

「え？」

決意を即座に否定され、僕は思わず声を失った。

「賛成できないと言ったんだ。今後も会社に居続ける選択をしたのなら」

「どうして？」

田中に続いて桐生本人にも否定されてしまった。その理由は、と問うと桐生は、少し考えた素振りをしたあと、意味がわかるようでわからない言葉を告げた。

「敢えて生きづらい選択をする必要はないと思うから」

「生きづらく……なるかな」

同期にカミングアウトすることが、と僕が首を傾《かし》げると桐生は思いもかけない問いかけをしてきた。

「田中はなんて言った？」

「え？」

あたかも田中も反対したことを予測したかのような問いに、一瞬答えに詰まる。

「やっぱり反対したんだな」

苦笑したあと桐生は、

「そういうことだよ」

と頷いてみせた。

「そういうことって？」

意味がわからず問うと、

「お前のことを大事に思う男が二人して反対するんだ。聞いておけよ」

と微笑んだ。

「……嘘はつきたくないんだけど」

何事にも。そう言った僕に桐生は、田中と同じような言葉を返してきた。

「嘘はついていないだろう？　敢えて明かす必要はないということだ」

「どうして？」

再度理由を問うた僕に桐生は、はっきりと苦笑すると、その理由を答えてくれた。

「自ら会社に居づらい立場になってどうする。俺と付き合っていることを皆に明かすことになんの意味があるんだ？　明かされたほうも困るだろうよ。意味のないことはしないほうがいいと、そう言ってるんだ」

「意味、ないかな」

問うた僕に桐生が、

「ない」

と即答する。

「お前が会社を辞める選択をしたのなら止めないさ。でも、お前は会社に居続ける選択をした。同期にも背を向けられる選択をなぜ敢えてするんだ？　皆が皆、田中のように寛容じゃないぞ。知らせてくれるな、と思われる可能性が高いと、なぜわからない？」

「……知らせて、くれるな……」

「そうだ。自分に置き換えてみろ。たとえば、そうだな……吉澤が『僕は不倫をしている』と告白してきたらどう思う？」

「……なるほど……」

確かに『困る』としか言いようがないかも。僕が納得したことがわかったらしく、桐生は、

「だろう？」

と笑い、頷いてみせた。

「すべてに対して正面から向き合いたいという気持ちはわからなくもない。でも、意味のないことはする必要はない。田中もそれがわかっているから止めたんだろう。俺たちの言うことを聞いておけよ」

「……うん……」

説得しようとしているのがわかり、僕は素直に頷いた。

「いい子だ」

桐生が破顔し、僕の頭をポンポンと二度撫《な》でてくれる。

「でも……いつかは言いたいな」

確かに、田中のように同性の恋人を受け入れてくれる人間はあまりいないかもしれない。それでも、いつかそのときが来たら、僕は仲良くしている同期には桐生と愛し合っていることを明かしたいし、祝福もしてもらいたい。

他人に認められることには、確かになんの意味もないのかもしれない。わかってはいるが、それでも認めてほしいと願う。自分の気持ちはよくわからなかったが、それでも桐生はそんな僕を受け入れてくれた。

「明かすとしたら……そうだな」

桐生が悪戯《いたずら》っぽい笑みを浮かべ、僕に顔を寄せてくる。

「結婚したとき、というのはどうだ？」

「結婚⁉」

思いもかけない言葉に、僕の声は裏返ってしまった。

「アメリカなら、同性婚が認められている」

桐生が力強く頷く。

「だからこそ、勤め続ける選択を俺もした。今の会社でキャリアを積み、そのうちにアメリカで起業する。そのときには是非、共にアメリカに渡ってほしい。結婚式を挙げるために」

「桐生……っ」

真剣な顔で彼が告げてきたこの言葉。

これは——プロポーズ、なんだろうか。

信じられない、と彼を見返す僕の頬に、桐生の右手が添えられる。

「結婚してくれますか？　奥様」

「……『奥様』って……」

既に結婚した相手への呼称じゃないか、と呟いたのは、もしやふざけているのか、と思ったためだった。そりゃそうだよな、と笑いかけた僕に、桐生が額を合わせてくる。

「気持ちとしてはもう、しているようなものだけれどな」

やっぱり本気なのか――。微笑みに細められた桐生の、近すぎて焦点の合わないその瞳の中に真摯《しんし》な光が宿っているのがわかる。

喜びがじわじわと胸の中で湧いてきた。気持ちが昂ぶり、声が思わず震えてしまう。

「桐生……っ」

「返事は？」

微笑みかけてくる彼を僕は抱き締め、耳許《みみもと》に万感の思いを込め囁《ささや》いた。

「幾久しく、よろしくお願いします……っ」

思いを込めすぎて、なんだかふざけているような言葉になってしまったが、本心からそう思っている。言い足そうとしたが、桐生にその必要はないようだった。

「指輪、買おうな」

桐生が僕の背をしっかりと抱き締め、嬉しげな声でそう囁いてくれる。

「給料三ヶ月分？」

ふざけて返すと桐生は、

「お望みのままに」

と笑ってくれた。

「嘘だよ。指輪もいらない。言葉だけで充分だから」

結婚――予想もしない言葉だった。生涯の伴侶となる。桐生と。嬉しすぎて、何がなんだかわからなくなってくる。

桐生が僕と結婚を考えてくれているのが嬉しかった。嬉しすぎた。

結婚、という選択があったんだ、と気づかされたと同時に、それを考えてくれていたんだ、という喜びが全身を駆け巡り、何をどうしたらいいのか、僕はわからなくなっていた。

「婚約指輪はともかく、結婚指輪は買いたいぞ」

桐生がそう言い、僕に唇を寄せてくる。

「ティファニーかバンクリか。奥様のお好みは？」

「お好みはないよ。なんだか夢みたいだ」

思いのままを口にし、桐生を抱き締める僕の背を、桐生はしっかりと抱き締め返してくれた。

「夢じゃない。近々、ご両親にも挨拶に行かないとな」

「ウチの親は驚くだろうな」

「ウチの親は……どうかな」

想像できない、と笑う桐生の背を僕もしっかりと抱き締める。

「まあ、反対はしないだろう。後悔のないように生きろというのがウチの家訓だから」

「ウチは家訓とか、あるのかなあ」

聞いたことがない、と首を傾げた僕の頬へと唇を落としてきた桐生が、にっこりと笑いかけてくる。

「どんな障害があろうとも、負けるわけにはいかない。お前だけは失うわけにはいかないから」

「僕も……っ。僕も、同じ思いだから！」

正直、親がどんなリアクションを取るか、まったく想像できない。弟の浩二《こうじ》は最初驚きはしたものの、今はなんとなく受け入れてくれているが、だから親も大丈夫、とはやはりちょっと思えなかった。

驚いたあとのリアクションは予想がつかない。だがたとえいくら反対されようとも、説得してみせる。その思いを告げた僕を桐生はしっかりと抱き締めてくれることで、同じことを考えている、と僕に示してくれた。

「愛してる。生涯かけて、お前だけを」

「僕も……っ……僕も……っ」

どうして彼は僕を一瞬にしてこうも幸せにしてくれる言葉を告げることができるんだろう。

嬉しすぎる、と彼の背を抱き締める僕に、桐生が唇を落としてくる。

「結婚式を挙げるとすると、どうする？　ウエディングドレスを着るか？」

ふふ、と笑う彼に、僕はまさか、と笑い返した。

「着るとしても、タキシードかな」

「奥様にはウエディングドレスが似合うと思うけどな」

桐生がにっと笑い、僕の顔を見下ろす。

「似合わないよ」

「文金高島田でもいいぞ」

珍しく桐生が浮かれてそんな冗談を口にする。

「アメリカで？　仮装大会と間違えられるよ」

「なんだ、着る気か？」

「桐生が紋付き袴を着るならね」

「それはお安いご用だ」

「あ、そうか」

しまったな、と笑う僕も相当浮かれている。

二人して目を見交わし、過ぎるほどに浮かれた相手を見て思わず噴き出してしまう。

「……愛してる」

自然とその言葉が漏れた僕の唇を、桐生がキスで塞いだあと、額同士をつけたまま囁いてくる。

「一日も早く、アメリカで起業してみせる。そのあとはグリーンカード取得だな」

「……僕も頑張る。まずは今の会社で自分の納得できるような仕事をする。桐生が起業したとき、胸を張ってアメリカに渡れるように」

「ああ」

頑張れ、と桐生が目を細めて微笑み、再び唇を塞いでくる。

そう遠くない未来に、桐生はきっと今口にした夢を実現させるに違いない。その隣に堂々と寄り添えるよう、本当に頑張るから。

桐生のキスを受け止め、その背をしっかりと抱き締める僕の頭にはそのとき、アメリカの教会で誓いのキスを交わす、僕と桐生の姿が浮かんでいた。

同期の絆

「長瀬《ながせ》、遅い遅い！」

急な確認事項が入り、約束の時間より三十分ほど遅れて『三幸園《さんこうえん》』に到着し、店員に教えられ二階に向かうと、既にできあがっている様子の尾崎《おざき》がめざとく僕を見つけ、大きな声を張り上げた。

「悪い！」

片手で拝みながらテーブルに駆け寄ると、久々に会う友が――メキシコから一時帰国で戻ってきた田中《たなか》が、僕に笑顔を向けてきた。

「よお」

「なんか痩《や》せた？」

日に焼けているせいか、以前より顔つきがシャープになったように感じ、そう言うと田中は、

「いや」

と笑い、まあ、座れ、と自分の前の空席を目で示した。

「痩せたといえばお前のほうが窶《やつ》れてるように見えるぞ」

「本当だ。長瀬、痩せたな。最近忙しそうだもんな」

田中の隣に座る吉澤《よしざわ》が心配そうに僕の顔を見る。今日は田中を囲んで、尾崎と吉澤、それに僕という特に仲がいい同期が集まったのだった。

「覚えることがたくさんあるからね」

確かにこのところ、残業は多い。しかし少しも苦ではないのは、仕事にやり甲斐《がい》を感じているためだった。

桐生《きりゅう》がアメリカで起業するまでの間に、今の会社で『やりきった』と思えるような仕事をしていこうと覚悟を決めてから、日々の仕事が今までと違う様相を呈してきた。

やればやるだけ自分の血となり肉となる、そんな感じがする。

内部監査の仕事の全貌を漸《ようや》く把握できるようになったのもやり甲斐につながり、それでつい、『頑張りすぎ』と大河内《おおこうち》課長や橘から注意されるほど没頭してしまうのだが、通勤時間が短くなった分、身体的な負担はそうないのだった。

「でも体調はいいよ」

「そうだ、体調管理はしっかりしろよー。独身男はなー、自分で管理するしかないんだぞー」

隣から、すっかり酔っ払っている尾崎がそう言い、僕の肩をバンバンと叩く。

「痛いって」

どうした、と、問うたところでボーイが注文をとりにきた。

「とりあえず生中」

注文をした僕の前では、田中と吉澤が顔を見合わせている。

「？」

田中はともかく、吉澤がなんだかそわそわしているように見える。何かあったのか？　と問おうとしたのと、吉澤が口を開いたのが同時だった。

「実はその……結婚しようかと思ってる」

「えっ！　マジか？」

思わず声を上げてしまったのは、半年くらい前に吉澤が大学時代から付き合っていた彼女と別れた、と聞いていたからだった。

そのあと新しい彼女ができたという話は聞いてない。水くさいじゃないかと責めようとしたのがわかったのか、吉澤が慌てた様子で言葉を足す。

「実はモトサヤに収まったんだ。一度は別れたけど、やっぱりお互いがいないと駄目だなって気づいたというか……」

「田中をダシに、それ発表するため俺らを集めたんだぜ、こいつ。ふざけんな、だよな」

尾崎が荒れているのは、彼もまた先月彼女と別れたからだろう。忙しすぎてふられたと言っていた。

「まあ、おめでたい話だからいいじゃないか」

田中が苦笑しつつ、尾崎のグラスに紹興酒《しょうこうしゅ》を注《つ》いでやっている。

「お前が怒れよ」

尾崎はそう言いながらも、祝福する気持ちはあるようで、

「ほら、お前も飲め」

とグラスを強引に吉澤のグラスにぶつけていた。

「結婚か……」

僕が思わず呟いてしまったのは、桐生からのプロポーズを思い出したためだった。アメリカで起業したあと、向こうでグリーンカードを取得し結婚しよう。嬉しすぎる言葉を思い起こしていた僕は、どうやらにやついていたようだ。

「おい、長瀬。お前も結婚するとか言わないよな？」

尾崎に突っ込まれ、僕は慌てて首を横に振った。

「しないよ」

「どうかな？　長瀬、浮いた噂《うわさ》一つないけど、そういうヤツほど怪しいよな」

我が世の春、といった顔をした吉澤が、面白がって茶化してくる。

「それより、結婚式いつやるとか、決めてるのか？　もしかして海外？」

上司をはじめとする会社の人間を呼ぶのがうざったいからと、家族と気の置けない友人のみを招いた海外挙式が同期の間では流行《はや》っていた。果たして吉澤は、と問うと、

「いや。国内。披露宴もきっちりやる。部長に仲人《なこうど》頼んだよ」

と意外な答えが返ってきた。

「お前ならてっきり海外挙式だと思ったよ」

尾崎もまた驚いている。どうやら挙式の話題は今、初めて出たらしい。

「俺もそうしたかったんだけど、向こうの親がどうしても挙式も披露宴も国内でやれっていうからさ」

「どこ？」

「学士会館《がくしかいかん》」

「さすが。旧帝大」

「言っとけよ」

吉澤がやれやれ、というように溜《た》め息《いき》をつく。

「向こうの親が地方のいわゆる『名士』でさ。主賓は親関係の政治家なんだ。それにあわせろ、とか言われて大変なんだよ」

「ってことは主賓は役員？」

すごいな、と感心しつつ問うた僕に吉澤が憂鬱そうに返してくる。

「いや。断られたから、大学の教授に頼んだ。招待客二百人とかもう、マジで勘弁してほしい」

ああ、と溜め息をついたあと吉澤は僕らを見渡し、

「退屈な披露宴になるのは確実だけど、来てくれよな」

と頭を下げた。

「勿論行くよ」

即答した僕に続き、尾崎が渋々といった感で頷《うなず》く。

「仕方がない。同期のよしみだ」

「ありがとう。あ、田中は無理しなくていいよ。帰国のタイミングが合えば是非、来てくれ」

「わかった。式はいつなんだ？」

田中が問うのに吉澤は、

「来年の三月」

と、浮かない顔で答えた。

「もっと嬉しそうにしろよ」

横から尾崎がそう言い、飲め、とまたも紹興酒を注ごうとする。

「いや、嬉しいよ。嬉しいけど、やっぱり、なんていうかな……しがらみが多すぎるんだよな。彼女のことは好きだけど、彼女の家族と家族付き合いするのはめんどくさいとか」

「まあ、家族になるんだもんなあ」

なるほどね、と頷いた田中の言葉にかぶせ、尾崎が少々やさぐれたコメントを口にする。

「結婚できるだけいいじゃん。俺なんてお先真っ暗だぜ。来週イランに出張だし、もう、結婚できる気がしないよ」

「自棄《やけ》になるなよ。もしかしてお前、別れた彼女に未練があるのか？」

僕が聞きたかったことを、田中が聞いてくれる。

「ない……とは言えないけど、もう、新しい彼氏がいるらしいんだよね」

ああ、と溜め息をつく尾崎に対し、僕たちは口々に、

「あー」

「なんと」

「それは」

と言ったきり、絶句してしまった。

「慰めの言葉はいらないぜ」

自虐気味に尾崎はそう言うと、紹興酒のグラスを空けたあと僕へと視線を向ける。

「それに長瀬も田中も彼女、今いないだろ？　いわば彼女いないほうが我々の中ではマジョリティだからな」

胸を張る尾崎に対し、まず田中が、

「まあ、そうだよな」

と同意してグラスを合わせ、お前も、というように僕へと視線を向けてくる。

「…………」

確かに『彼女』はいない。でも、それこそ将来結婚を考えている『彼氏』はいる。

カミングアウトするなら今かな、と思ったが、吉澤に、

「なんだその沈黙は？」

と突っ込まれたときにも僕の口から言葉が発せられることはなかった。

「待てよ、長瀬。まさかいつの間にか彼女作ってた、なんて薄情なことはしないよな？」

尾崎が身を乗り出し、僕の顔を覗き込む。

「名古屋でか？」

吉澤もまた僕へと身を乗り出してきたのに、やはり僕は何も答えることができなかった。カミングアウトというのはなんて勇気のいるものなんだ、と改めて実感していた僕の前で、田中が噴き出す。

「長瀬、尾崎は今、相当ナーバスになってるんだ。からかってやるなよ」

どうやら田中がフォローに回ってくれたらしい。悪い、助かった、と心の中で礼を言いつつ僕は、

「ごめん、うそ」

と田中のフォローに乗り、尾崎のほうを見ながら頭をかいた。

「もう、脅かすなよー」

へなへなと尾崎がその場に崩れ落ちるようにして、がっくりと肩を落とす。

「あーびっくりした」

吉澤もまた、はあ、と大きく息を吐き、僕に恨みがましい目を向けてきた。

「長瀬、演技派だな」

「ちょっと待て。お前はショック受けなくてもいいだろ」

早くも立ち直ったらしい尾崎が顔を上げ、吉澤を睨《にら》む。

「それとこれとは別っていうか、水くさいじゃないか」

「お前こそ水くさいだろうが。今まで黙ってて」

「まあそうなんだけど」

尾崎と吉澤が言い合いを始めたのを横目に僕は、目の前に座る田中に、ありがとう、と唇を動かすだけで声は出さず礼を言った。

わかってる、というように田中は微笑《ほほえ》むと、

「ほらもう、飲もうぜ」

と尾崎や吉澤に紹興酒を勧める。

「結婚式、盛大にやるなら俺たちに余興、やらせろよ」

乾杯、と四人してグラスを合わせたあと、尾崎が自棄になったような大声を出し、手を伸ばして吉澤を小突いた。

「新郎も一緒に、ほら、あれやるか。新人歓迎会でやらされたアイドルの……」

「勘弁してくれー。向こうの親に怒られる」

「衣装、まだ寮にあるよな。ミニスカートの」

「ちょっと待って。僕らもか？」

冗談だとはわかっていたが、ノリで本当にやることになっては困る、と慌てて口を挟んだ僕に、尾崎が「勿論」と大きく頷く。

「俺、やっぱり帰国は無理だな」

一人逃れようとする田中に、「ずるい」とクレームを入れると、

「披露宴は田中の帰国に合わせてやろうぜ」

尾崎が意地の悪い声を出し、なあ、と吉澤に同意を求める。

「お、いいな」

ふざけて同意した吉澤を田中が、

「お前もやるってわかってるのか？」

と我に返らせる。

「あ、そうか」

「なんだー、吉澤、やりたかったのか」

「やりたくない！　やらないぞ！」

「やりたいならやりたいって言えよ」

「やらないって」

皆して吉澤をからかい、吉澤もそれに乗って大仰に騒ぐ。これぞ同期ならではのノリだ、

と思わず笑ってしまうと、同じようなことを考えていたらしい田中と目が合った。

田中もまた楽しげに笑っている。

もし、あのとき僕が勇気を出して『桐生と付き合っている。将来は結婚も考えている』と明かしたとしたら、この場にこんな楽しい笑いはあっただろうか。

重苦しい沈黙が訪れた可能性が高い。田中はともかく、尾崎と吉澤とは、今後、距離ができる結果となったかもしれない。

嘘をつくのと黙っているのとは違う、と田中は言った。確かにそれはそうだが、いつか、僕は堂々と彼らにも、胸を張って桐生との仲を報告したい。

『したい』ではなく『してみせる』。必ず。自身に言い聞かせていた僕は、ふと田中の視線に気づき、彼を見た。

一瞬、目を細めて微笑んだ田中が僕に言おうとしたのは、

『無理するな』

なのか、

『頑張れ』

なのか。どちらなんだろう、と彼の顔を見返していると、すかさず尾崎がからかってきた。

「お、田中と長瀬、見つめ合っちゃって。怪しいぞ」

「彼女いない同士でデキちゃったとか?」

吉澤もまたふざけるのに、田中が「バレたか」と肩を竦める。

そのとき、彼が一瞬、苦笑しているように見えたのは気のせいかなと思いながらも僕は、こういうときのお約束、と、

「ばらすなよー」

と大仰に照れてみせ、皆の爆笑を誘ったのだった。


三幸園で餃子《ギョーザ》を食べまくったあと、すっかり酔っ払っていた僕たち同期四人は、カラオケボックスで『お帰り田中』ソングと『吉澤おめでとう』ソングを歌いまくり、そろそろ終電という時間にお開きとなった。

タクシー帰りとならなかったのは、間もなく妻帯者となる吉澤に無駄遣いをさせまいという僕らの気遣いであり、田中が、

「長瀬、コーヒー付き合えよ」

と僕を誘ったのは、寮ではなく桐生のもとに僕を帰すための彼の気遣いだった。

また飲もう、と約束して尾崎と吉澤と別れたあと、

「それじゃあな」

と僕とも別れようとする田中を僕は呼び止めた。

「コーヒー、飲んで帰ろう」

「え？　ああ」

いいよ、と田中が頷き、周囲を見回したあと、

「酒にするか」

と笑ってみせる。

「カラオケボックス、引き返すか」

この時間、開いている店の心当たりがなかったため僕は彼にそう提案し、田中もそれに乗った。

受付で時間を言うとき、田中は僕に何も聞かず「取りあえず三十分で」と指定した。

「悪い。疲れてる？」

伝票を受け取り、指定された部屋へと向かいながら前を歩く田中の背に問うと、

「いや？」

肩越しに彼は僕を振り返り、否定してみせたあとに、ニッと笑った。

「桐生が妬《や》くだろ？」

「…………」

疲れていたからではなく僕を早く桐生のもとに帰そうとしてくれての三十分か、と納得し

ているうちに部屋に到着し、ドリンクを頼んでから僕は改めて田中に礼を言うべく頭を下げた。

「ありがとう。フォローしてくれて」

「フォロー？」

不思議そうに問い返してきた田中に、

「カミングアウトを止めてくれて」

と告げると、なんだ、そんなことかというように彼は笑ってみせた。

「桐生にも止められたんだろう？」

「うん」

顔を上げ、頷いたあとに僕は、はあ、と思わず溜め息をついてしまった。

「なんだ、どうした」

田中が苦笑しつつ、問いかけてくる。

「いや……やっぱり、勇気、いるなと思って」

「そりゃいるよ。吉澤がモトカノと結婚すると言ったときも相当、緊張していたくらいだぜ」

田中が噴き出したところでドリンクが到着し、会話が暫《しば》し途切れた。

「……メールにも書いたけど、カミングアウトをそう焦る必要はないと思うけどな」

運ばれてきたウイスキーの水割りを飲みながら、田中がぽつりとそう告げる。

「焦ってる……よな、やっぱり」

そこは認める、と僕は頷き、同じく水割りを舐《な》めた。

「まあ、いろいろ、あったんだろうが」

「うん、いろいろあったんだよ」

ここで僕は、人事から退職を勧告されたこと、辞めずに頑張りたいと言ったら上司が味方についてくれたこと、桐生も僕の選択を受け入れてくれたことを簡単に説明した。

「酷《ひど》い話だな」

田中は憤ってくれたあとに、

「にしても、上司がいい人でよかったよな」

とグラスをぶつけてきた。

「うん。なんだか苦手意識があったんだけど、懐の深い、いい人だった」

「大河内さんだっけ」

「うん」

「切れ者って評判だよな。あと、すごいクールだと。しかし話を聞くと、そんなにクールってわけでもないよな」

「うん、部下思いだよ。橘《たちばな》のこともよく理解してるし」

「よかった、本当に」

独り言のように田中は呟くと

「それにしても、ちょっと驚いた」

と言葉を続けた。

「驚いた？」

何に、と問い返すと、どうやらそれも独り言だったようで、

「あ、いや」

と少し戸惑った様子となったが、やがて考え考え話し始めた。

「俺はてっきり、桐生はお前に会社を辞めさせるんじゃないかと思ったんだ」

「辞めればいいとは言われた。でも、最終的には僕に任せてくれた」

「桐生も懐深いよな。なんていうか、男として大きくなった、というのかな」

偉そうな言いようだな、と田中が苦笑し頭をかく。

「偉そうじゃないよ。桐生は確かに、一回りも二回りも成長してるし、追いつこうと思ってももう遥か前方を行ってて背中も見えないよ」

最後、ちょっと愚痴っぽくなってしまったことを反省し、僕はすぐ、

「でも」

と自身の意思を伝えようと口を開いた。

「いつになるかわからないけど、桐生の隣を歩けるよう、頑張ろうと思ってる」

「なるほど、それでカミングアウトか」

田中が納得した声を出し、頷いてみせる。

「まあ……そうかな。何に対しても胸を張って生きていきたいと思ったんだ」

「気持ちはわかるが、成長とカミングアウトはやっぱり別物だと思うんだよな」

田中は首を傾げつつそう告げたが、すぐ、苦笑するように笑い首を横に振った。

「俺が口を出すことじゃないよな。お前と桐生の間で決めればいいことだ」

「田中……」

思わず名を呼んでしまったのは、田中の表情が見るからに寂しげであったためだった。

「もう潮時だな……いや、とっくの昔に潮時は迎えていたか」

僕に、というより、田中は自分に言い聞かせるようにしてそう呟くと、僕が何を言うより前に、

「あまり思い詰めずに、そう、肩の力抜いていけよ」

と、手を伸ばし、僕の肩を叩いてくれたのだった。

田中から翌日、携帯にメールが入った。

『昨日はお疲れ。長瀬も結婚するときには必ず呼べよ。余興で尾崎と吉澤と三人、歌って踊ってやる』

「頼んでないよ」

思わず噴き出したあと、田中には桐生にプロポーズされたことを一言も明かしていないのに、なぜ気づいたんだろう、と不思議に思いつつも、祝福してくれる気満々の彼の温かな言葉に、僕の胸も熱くなる。

『女装してくれよ。あと、場所はアメリカだからな』

どれだけ嬉しかったかをくどくど書くより、きっと田中はこんな返信を喜んでくれるに違いない。僕の予想はあたったのか外れたのかはわからなかったが、田中からはすぐに、

『congratulations!』

とだけ返信がきた。

いつか——否、そう遠くない未来に、再び彼からこの言葉をもらえるよう、頑張ろう。

肩に力を入れすぎずに。

『TKS!』

親友のアドバイスを有難く思いながら、そう返信した僕の頭にはそのとき、新人の頃、同期たちと新人芸の練習を重ねたときの楽しい日々がありありと蘇っていた。

愛とはかくももどかしいもの

「ん…………」

腕の中で眠る長瀬《ながせ》は、実に安らかな寝息を立てている。

同期の田中《たなか》が一時帰国をしたので、やはり同期の吉澤《よしざわ》と尾崎《おざき》と飲んできた。吉澤は今度、結婚するそうだ。披露宴で余興をやるかもしれない。新人芸でやったやつ。桐生《きりゅう》も覚えてるかな。ほら、あの、ミニスカートの制服で歌って踊った――。

よほど楽しかったのか、喋り続けるその口を思わずキスで塞《ふさ》いでしまったのは、言うまでもなく嫉妬からだった。

田中は勿論のこと、長瀬が気を許している尾崎や吉澤に対しても嫉妬せずにはいられない自分の矮小《わいしょう》さを恥じる気持ちはある。

田中はかつて長瀬に恋心を抱いていたが、尾崎や吉澤はそんなことはないとわかってはいる。吉澤に至っては今度結婚するのだから、長瀬をそういう目で見てなどいないと、わかりきってはいるのだが、やはり、親しげな様子が窺《うかが》えると面白くなく感じてしまう。

キスしながら長瀬から服を剝ぎ取り、露《あら》わにした首筋から胸へと唇を落としていく。酔っ払っている長瀬の肌は最初から薄桃色に染まっており、欲情を駆り立てられた。

「ん……っ……んふ……っ……」

どれだけ身体を重ねてきたか、数え切れないくらいだというのに、行為の際長瀬は恥ずかしがって声を堪《こら》えようとするのが常だ。だが酔っていると少し箍《たが》が外れるらしく、いつも以

上の声を上げるのが可愛《かわい》くて堪《たま》らない。

薄紅色の肌がますます紅潮し、紅くなると同時にうっすらと汗が滲んでくると、敢えてつけっぱなしにしてある天井の明かりを受け、彼のすべらかな肌がきらきらと輝き、えもいわれぬ美しさと艶《なまめ》かしさを湛《たた》え始める。

こんな妖しいほどの美しさを俺以外の誰にも見せるものか。心の中で呟いたとき、そういえば仲のいい同期と長瀬は時々泊まりでゴルフに行っていたなとふと思い出し、憤りからつい、舐《ねぶ》っていた彼の乳首を強く噛んでしまった。

「いた……っ」

悲鳴のような声を上げつつも、長瀬の身体はびくっと震え、腰が淫《みだ》らに捩《よじ》れる。

長瀬が乳首に対し、痛いくらいの刺激を好むことは知っていた。が、今のは狙ってのことではない。しまったな、と心の中で反省しつつ、今度は優しく甘噛みをし、もう片方を強く抓《つね》り上げると、長瀬はたまらない、といった声を上げ、無意識の所作で俺の頭を抱き締めてきた。

「あっ……や……っ……あぁ……っ」

話の腰を折られたことなど、既に彼は忘れているに違いなかった。白い喉を仰け反らせて喘《あえ》ぎながら、胸を舐る俺の頭を抱き締め、もどかしげに腰を揺する。

頭を軽く振って彼に腕を解《ほど》かせると俺は唇を胸から腹へと滑らせ、既に勃ちかけている彼の雄の先端に音を立ててキスしたあと、その雄をすっぽりと口に含んだ。

「あぁっ」

竿《さお》を扱《しご》き上げてやりながら、硬くした舌先で先端を抉《えぐ》る。長瀬が一段と高い声を上げ、背を仰け反らせたと同時に口の中に少し苦みのある彼の先走りの液の味を感じた。

結構酔っていたから、いけるとしても一度だろう。根元をしっかり握り締め、先端のくびれた部分に舌を絡ませ、滲み出る先走りの液を音を立てて啜《すす》る。

「やっ……あぁ……っ……あっ……あっ」

腰が浮いた、その下に左手を滑り込ませ、ひくついているそこへと指をねじ込む。長瀬は一瞬、違和感を覚えたらしく身体を強張《こわば》らせたが、ぐいぐいと中を抉ってやるとすぐによくなったようで、我慢できない、というような切羽詰まった声を上げ始めた。

「きりゅ……っ……はやく……っ……はやく……っ」

いやいやをするように激しく首を横に振る。髪を振り乱しながらのおねだりが本当に可愛いらしい。

ぐっとくるな、とオヤジのような言葉を心の中で呟きながら、もう少し焦《じ》らしてやるかと指の本数を二本に増やし、前立腺を重点的に刺激してやる。

「やぁ……………きりゅ……っ」

首の振り方が激しくなり、長瀬が俺の髪を摑《つか》んで己の下肢に埋めた顔を上げさせる。

どき。

鼓動が一気に高鳴り、長瀬の顔に目が釘付《くぎづ》けとなる。

潤んだ瞳も紅潮した頬も、泣きそうなその表情も、まさに『ぐっとくる』。欲情をそそられずにはいられない、と食い入るように見つめていた俺は、長瀬に、

「きりゅ……っ」

と再び名を呼ばれ、はっと我に返った。

「きて……っ……ほし……っ……あっ……はやく……っ」

あられもないことを口にしていることにはおそらく気づいていない長瀬が、瞳に涙をいっぱいに溜め、懇願してくる。

「任せろ」

すぐに求めるものを与えてやる。しかし俺をこうも煽《あお》った責任はとってもらわないとな、とまたもオヤジめいた言葉を心の中で呟きながら身体を起こすと長瀬の両脚を抱え上げ、露わにした後孔に自身の雄の先端をめり込ませた。

「あぁっ」

そのまま一気に腰を進める。コツ、と奥底まで到達した、幻の音を聞いたあとには、長瀬を昂まらせるべく、激しく彼を突き上げ始めた。

「あっ……あぁ……っ……あっあっあーっ」

淫らな、そして高い彼の喘ぎ声を聞くうちに、抑制がまるできかなくなり、いつしか俺は自身の欲望を満たすために、腰をぶつけてしまっていた。

「もう……っ……あぁ……っ……もう……っもう……っ」

長瀬の声がいつしか苦しげになっていたことに気づき、いけない、と自分を抑える。

彼の片脚を離し、二人の腹の間で勃ちきっていた雄を握り、一気に扱き上げてやると、長瀬はすっかり嗄れてしまった声を張り上げ、俺の手の中に白濁した液を飛ばしてきた。

「……っ」

射精と同時に彼の後ろがきつく俺の雄を締め上げる、その刺激に俺もまた達し、彼の中に己の精をこれでもかというほど注《そそ》いでしまった。

「きりゅ……」

はあはあと息を乱しながら長瀬が俺の名を呼び、両手を伸ばしてくる。

「愛してる」

屈《かが》み込み、彼に捕まる背を与えてやりながら俺は、愛しい思いのままに長瀬の呼吸を妨げぬよう、目元に、鼻に、頬に、ときに唇に、細かいキスを落としてやる。

「……きりゅ……すき……」

うっとりとした、まさに恍惚《こうこつ》の表情を浮かべながら、長瀬が呟くようにしてそう告げ、俺の背を抱く腕に力を込める。

ああ、そんな顔で、そんな可愛いことを言われ、愛しく思わない男がいるだろうか。

加えて、欲情を煽られない男がいるだろうか、と思いながら俺は、長瀬の呼吸が整うのを待ちきれずに彼の両脚を抱え直し、我に返ったらしい彼が慌てた声を上げたのを無視して、二度目の行為に突入していったのだった。


「ん……」

行為は二度ではすまず、三度にわたり、無理矢理三回の絶頂を迎えさせたあと長瀬は意識を飛ばしてしまった。

そのまま眠り込んだ彼を腕に抱き、顔を見下ろしていた俺の目の前で、長瀬が小さく声を漏らし、うっすらと目を開く。

「水、飲むか？」

問いかけると長瀬はまだ目が覚めきっていないらしく、ぼんやりした視線を向けてきただけだった。

そのまま再び目を閉じてしまった彼を起こさぬよう、そして寝やすいようにと胸に抱き寄せる。

長瀬は俺の胸に唇を寄せながら微笑むと、すう、と眠りの世界に戻っていった。

愛しい――伏せられた長い睫《まつげ》が震えるさまを眺める俺の胸に、言葉では尽くせないほどの彼への思いが溢れてくる。

本当なら今すぐにでも会社を辞めさせ、二人してアメリカに渡りたい。起業の準備は整っている。だが長瀬の意思を尊重したかったがために俺は『これから整える』と告げたのだった。

長瀬は見た目を裏切る、強い意志の持ち主だ。たおやかで、どちらかというと弱々しい印象を受ける優しげな顔の下には、頑固にして堅固な彼の意思が隠されている。

彼が同期をはじめとする皆にこうも好かれるのは、類《たぐ》い稀《まれ》なる美貌のせいだけではなく、その性格に理由がある。

人を思いやることのできる気立てのいい彼の優しさは、少しもぶれることのない彼の性格の一本筋の通った、その強さに裏打ちされている。そんな彼の中身に皆、惹《ひ》かれるものを感じているに違いない。

なのに長瀬は、その『強さ』に少しも気づくことなく、よく気弱な言葉を口にする。

過剰なほどの自信を持たれるのも困るが――要は俺のようになられても困る、という意味だ――自分に自信がなさ過ぎる、というのも違う意味で困ってしまう。

謙遜の美徳を否定する気はさらさらない。過ぎるのが問題なのだ。

なぜ長瀬は俺と自分をまるで違うステージにいるように感じているのか。確かに収入面では多少の差はあるし、年齢も俺のほうが院卒なので上ではある。

それ以外の、特にメンタル面での『差』は俺からすると皆無なのに、ことあるごとに長瀬は『桐生に釣り合うように頑張る』という言葉を口にし、俺を苛つかせるのだ。

主観と客観の違いを、いくら『主観』の持ち主に告げたところで理解はされない。それがわかっているので、今や説得を諦めているが、もどかしさは募る。

だが、焦るまい、と俺は自分に言い聞かせると、自分の腕の中で安らかな寝息を立てている長瀬の顔を見下ろした。

お前にとっての俺がどれほどの人物なのかはさておき、実際の俺は、お前の眠りを妨げぬよう、息を殺し様子を窺う、実に気弱な男である。

気弱さでいえば、お前に勝る。CEOをはじめ、本社の役員たちは俺を呼ぶとき、ファーストネームの『TAKASHI』を使うが、お前が俺の名を呼んだことはおそらく一度もない。

名前で呼び合いたい――などと言うのは中学生のカップルのようで恥ずかしいと、提案を躊躇《ためら》っている俺が常に、名を呼んでほしい、そして呼びたいと願っていると知ればお前は、どんなリアクションをしてくるだろう。

『秀一《しゅういち》』

呼びかけたあとにお前に戸惑った顔をされたら。

『なんか、違う』

と笑われたら、二度と名前を呼び合うことができなくなってしまうのでは、と案じている
ような、そんな小さな男だとお前に思われたくないという理由だけで呼びかけることができ
ずにいると知ったら、お前はどんな顔をするだろう。

「…………馬鹿馬鹿しいだろ？」

くす、と思わず唇から笑いと共に言葉が漏れてしまった。

「う……ん？」

眠り込んだと思っていた長瀬が耳ざとくききつけ、再び目を開こうとする。

いいんだ。寝ていろ。お前の名を堂々と呼ぶチャンスはこの先、確実に得ることができる。

挙式のあとなら同姓となるのだから、名前を呼び合うしかないだろう。

『奥様』

『旦那様』

というのも嫌いじゃないが、

『秀一』

『隆志《たかし》』

は更にいい。

こんなことを考えているような男が、お前により勝るわけ、ないだろう？

それに早く気づけよ、と長瀬を起こさぬよう、気を付けながら彼のこめかみにそっと唇を落とす俺の胸にはそのとき、挙式後の教会で、田中をはじめとする同期たちを前に、長瀬を堂々とファーストネームで呼んでみせたらどれだけ気持ちがいいことか、という、いかにも矮小な思考が浮かんでいたのだった。

恋を忘れてしまうには

「で、結局君のお兄さんは、会社を辞めなかったんだ」

秀一《しゅういち》を酔わせて聞き出した話があまりに理不尽だったため、俺は九条《くじょう》准教授が常連にしている喫茶店で彼を張り込み、運良く現れた彼に、憤って仕方がない話の内容をつぶさに伝えたのだった。

「辞めればいいのに。先生もそう思いませんか？」

腹が立って仕方がない。秀一にも何度も『そんな会社は辞めるべきだ』と言葉を尽くしたが、聞き入れてはもらえなかった。

「僕にはお兄さんの選択がそこまで納得できないとは思えないけどね」

九条が肩を竦めるその前で、喫茶店のマスターが余計な口を出してくる。

「そうそう。今日び、正社員として雇用されるのがどれだけ大変だかわかってんの？　しかも天下の三友《みとも》商事を辞めるとか、あり得ない。しがみつけるだけしがみつかなきゃ」

「……前から言ってますけど、ちょくちょく会話に入ってこないでもらえますかね？」

以前、年長者だというのに敬語を使わないとは、と怒られたため、敬語だけは使いながらも、思うところをきっぱりと告げてやる。

「おっかない。相当気が立ってるねえ」

少しも『おっかない』などと思っていない様子のマスターはからかっていることを隠しもしないふざけた口調や仕草でそう言うと、

「社会経験のない子供には何言っても無駄だよ、先生」

と九条に声をかけ、カウンターの中へと戻っていった。

「……むかつく」

ぼそり、と本音が唇から漏れるのを聞きつけ九条が苦笑する。

「実際、今と同レベルのところに再就職というのは、相当難しいと僕も思うけれどね」

「だとしても」

確かに俺は社会経験もないし、医者になるつもりだから最近の就職事情もわかっていない。しかし、もし自分が秀一だったとしたら『辞めろ』と言われまでした会社にしがみつく気にはなれないし、秀一にもそんな真似はしてほしくない。

秀一曰《いわ》く、上司が味方についてくれるというが、上司の上司が敵に回ったらどうなることかわからない。

そもそも、秀一に非は一つもないのに、辞めろ、と言ってきた会社に、頭を下げてまでしがみつかなければならないなんて、惨めすぎる。

「プライドはどうした、と言いたいんです。そりゃ、社会的立場というのもあるのかもしれないけど、僕は兄にはそんな、嫌な思いまでして勤め続けてほしくないと思うんですよ」

「生活のことなら心配はいらない。僕が医者になって稼ぐから――そういうこと？」

九条もマスター同様、俺をからかっていることを隠そうともせず、ニッと笑ってそう言ったかと思うと、俺が反論するより前に言葉を続けた。

「残念ながら君がお兄さんの生活の面倒を見られるようになるまでには、相当時間がかかると思うよ」

「……なんだか今日はいつも以上に意地悪ですね」

このあたりで俺はようやく、いつにない九条の皮肉めいた口調に気づき、どうしたことか、と問いかけた。

「いや、君が前々から相談していたのは、お兄さんのことだったのか、と知らされたショックからまだ立ち直れていないだけさ」

九条がパチリとウインクし、そんな意味不明の言葉を告げてくる。

「……いや、それは違いますよ」

しまった。俺は今更ながら、今日、九条に相談を持ちかける際、つい『兄』と言ってしまったことを悔いていた。

秀一から話を聞いたあと、腹が立って仕方なく、九条の姿を捜した。

九条なら、秀一の選択を覆してもらえるんじゃないか、と考えたためだったが、俺の意に反し九条は秀一の選択のほうに同意している。

九条に俺が相談ごとを持ちかけるようになったのは、俺の周りで『ゲイ』だとはっきりわかっている人物が九条だけだから、という理由だった。

俺は勿論、秀一も性的指向はマジョリティである『ノーマル』に属していると思っていた。その秀一の恋人が男だとわかった瞬間、俺の中でアイデンティティーが崩壊したのだった。

ゲイがどんな思考回路の持ち主なのか。一般的な——それこそ今回のような、会社を辞める辞めないという選択については、ゲイだろうがゲイでなかろうが差はないと思うが、こと恋愛に関しては、自分には理解できない部分があるのではないかとそう思い、九条を頼った。

まあ、頼りはしたが、恩恵らしい恩恵は受けられていないような気もする。その上、今回は会社を辞めさせるべきじゃないのか、という恋愛とはまったく関係のない相談ごとだ。しかも九条は大学の准教授で会社に勤めた経験などないだろう。

にもかかわらず、なぜ俺は九条を頼ってしまったのか——いつしか一人の思考の世界にはまり込んでいた俺は、九条にまたも苦笑され、我に返った。

「君は嘘が下手だね、長瀬《ながせ》君」

「嘘じゃありませんけど、どうして兄のことを相談されるとショックなんです？」

誤魔化そうと思ったわけではなく、先ほどの九条の発言の意味がよくわからなかったので問うたのだが、返ってきた答えを聞き、問わねばよかったと後悔した。

「君が相当なブラコンだとわかったからさ」

「ブラコンじゃありませんから」

別に、と言い捨て、このまま帰ることにする。我ながら子供じみているが、思うような助言がもらえないとわかれば、つまらない説得を耳にする危険を回避したくなったというわけだった。

「お時間とらせてすみませんでした」

「怒るなよ。図星を指されたからって」

「図星じゃないですし、それに僕がブラコンだろうが違おうが、先生がショックを受ける理由にはならないと思いますけど」

単にからかいたかっただけだろう。そう言い捨て、立ち上がろうとした俺の腕を九条が摑《つか》む。

「なんです」

「理由には立派になる。恋敵が実の兄だとわかって、とても勝ち目はないなと落ち込んでるんだ」

「はあ?」

九条の顔は笑っていたし、口調もふざけたものだったが、俺の腕を摑む彼の手にはしっかり力がこもっていた。

「俺、からかって楽しいですか」

なんとなく、ここは怒っておいたほうがいいんじゃないかと思い、強引に腕を振り解《ほど》こうとしたが、九条の手は緩まない。

「ねえ、長瀬君」

摑んだ手をぐっと引かれ、バランスを失い彼のほうへと倒れ込んだ俺の耳許に、九条が唇を寄せ、囁《ささや》いてくる。

「ブラコンからの脱却法、教えようか」

九条の息が耳朶《じだ》を擽《くすぐ》る。どき、とやたらと鼓動が跳ね上がったことに動揺したあまり、頭の中が真っ白になった。

「離してください」

どう見ても九条はふざけている。退屈しのぎに学生をからかっているだけだと、落ち着いて考えればわかっただろうに、なぜだか思考力はまるで働かず、彼の腕を振り解くことに必死になっている。

腕を解いてほしいというより、こうも近づいてしまった二人の距離をまた元どおりにしたいのだ。ようやくそのことに気づき、一歩下がったと同時に九条は俺の腕を離した。

「……失礼します」

くす、と笑われたのは、俺の頬がすっかり紅潮していたせいだろう。むかつく、と思いながら踵《きびす》を返そうとした俺の耳に、笑いを含んだ九条の声が響く。

「簡単さ。君も恋をすればいいんだ。こじらせてしまった古い恋を清算するには、新しく恋をするのが一番さ」

「意味わかりません」

振り返り、吐き捨てた俺の目の前で、九条がパチリとウインクする。相変わらず睫《まつげ》の密集している彼が片目を瞑《つぶ》ると、ばさ、と風の音が聞こえる気がした。

なんてセクシーな。思わず見惚《みと》れてしまったことにむかつき、目を逸《そ》らせる。

「意味がわかったらまたおいで」

声までセクシーだなんて、またむかつく。そう思いながらレジへと向かうと、

「おごるよ」

と九条が立ち上がる気配がした。

「結構です」

千円札を財布から出し、にやついているマスターに差し出す。

「おごられときゃいいよ」

マスターが金を受け取らないので、

「そういうわけにはいきません」

とカウンターの上に千円を置き、そのまま店を出ようとした。

「学生は相手にしないんじゃなかったの」

マスターが九条を茶化しているうちにドアを開け、外に出ようとする。

「仕方ない。恋しちゃったんだから」

九条の答えはいかにも俺に聞かせようとしているとしか思えず、そのまま店を出る。

本当にもう、腹立たしい、と勢いに任せて歩いていた俺はふと、俺の理解できない選択をした秀一への憤りをすっかり忘れていた自分に気づき、足を止めた。

「………」

思わず九条のいた喫茶店を振り返る俺の耳に、彼の言葉が蘇る。

『こじらせてしまった古い恋を清算するには、新しく恋をするのが一番さ』

確かに、一つの『憤り』を忘れるのには新たな『憤り』が有効だった。

だからこそ、九条は俺をからかい、むっとさせてくれた――のかもしれない。となると彼の言うとおり、長年胸の中に押し込めていたこの恋心を昇華させるには、本当に新たな恋が有効となるのかも。

新しい恋。誰との――？

「……馬鹿馬鹿しい」

九条は単に俺をからかって時間潰しをしただけに違いないのに、いいように解釈した挙げ句に、何を本気にしてるんだか。

何が『新しい恋』だよ、と苦笑しつつ歩き出した俺の手は、だが、自分でもまったく意識しないうちにいつしか九条に掴まれた部分をしっかり掴んでいたのだった。

あとがき

はじめまして&こんにちは。愁堂れなです。この度は六十六冊目のルチル文庫、そしてunisonシリーズ十二冊目となりました『symphony　交響曲』をお手に取ってくださり、本当にありがとうございました。

unisonシリーズも本作にて一区切りとなります。二〇〇七年にルチル文庫様から一冊目を発行していただいたこのシリーズ、初出は二〇〇二年二月、デビュー前の個人サイトですが、文庫発売から九年に亘りシリーズを続けることができましたのも、偏に応援してくださった皆様のおかげです。本当にどうもありがとうございます。

九年も（サイト掲載時からは十四年も）経ちますと時代も変わってきたこともあり、今回一区切りとさせていただくことに致しました。いつの間にか長瀬が二つ折りの携帯からスマホに変わっていたりもしましたが（笑）長年書き続けることができて本当に幸せでした。

イラストをご担当くださいました水名瀬雅良先生、長い間、本当にお世話になりました！毎回毎回、先生のイラストには萌えさせていただいていました。長瀬の表情の可愛さに、桐生のかっこよさに、どれだけ活力をいただいていたことか！

先生にこのシリーズのイラストをご担当いただけて、本当に幸せです！　お忙しい中、毎回素晴らしいイラストをありがとうございました。

担当様にも大変お世話になりました。音楽に詳しくていらっしゃるので、タイトルもいくつもつけていただきました。長らくシリーズを続けさせてくださりありがとうございました。

毎回、素敵な装丁をしてくださったCoCo.Design様をはじめ、本書発行に携わってくださいましたすべての皆様に、この場をお借り致しまして心より御礼申し上げます。

何より本書をお手に取ってくださいました皆様に、改めまして御礼申し上げます。

unisonシリーズはまた機会がありましたら、アメリカに渡った二人のことを書いてみたいなと思っています。個人的には田中も幸せにしてあげたいです（笑）。

お読みになられたご感想をお聞かせいただけると嬉しいです。どうぞ宜しくお願い申し上げます。

ルチル文庫様からは、冬に『たくらみシリーズ』の新作を出していただける予定です。第三部始動となります。こちらも頑張りますね。

また皆様にお目にかかれますことを、切にお祈りしています。

愁堂れな

平成二十八年九月吉日

（公式サイト『シャインズ』http://www.r-shuhdoh.com/）

✦初出　symphony 交響曲 ……………………………書き下ろし
同期の絆…………………………………………書き下ろし
愛とはかくももどかしいもの……………書き下ろし
恋を忘れてしまうには…………………………書き下ろし

愁堂れな先生、水名瀬雅良先生へのお便り、本作品に関するご意見、ご感想などは
〒151-0051 東京都渋谷区千駄ヶ谷 4-9-7
幻冬舎コミックス　ルチル文庫「symphony 交響曲」係まで。

幻冬舎ルチル文庫

symphony 交響曲

2016年9月20日　第1刷発行

✦著者　愁堂れな　しゅうどう れな

✦発行人　石原正康

✦発行元　株式会社 幻冬舎コミックス
〒151-0051 東京都渋谷区千駄ヶ谷 4-9-7
電話 03(5411)6431［編集］

✦発売元　株式会社 幻冬舎
〒151-0051 東京都渋谷区千駄ヶ谷 4-9-7
電話 03(5411)6222［営業］
振替 00120-8-767643

✦印刷・製本所　中央精版印刷株式会社

✦検印廃止

ISBN978-4-344-83800-0　C0193　Printed in Japan